創元日本SF叢書22

ときときチャンネル　宇宙飲んでみた

Tokitoki Channel
How to drink the Universe

宮澤伊織

Iori Miyazawa

東京創元社

目次

TOKITOKI CHANNEL

HOW TO DRINK THE UNIVERCE

by

Iori Miyazawa

2023

ときときチャンネル　宇宙飲んでみた

＃1　【宇宙飲んでみた】

1

おk?

映《うつ》ってます?

映ってますね、はーい。どーもー、《ときときチャンネル》の十時《とき》さくらです! はじめまして一。

どーもどーも、あ、コメントありがとうございます。こんにちはー。

いま何人くらい見てくれてますかね。えーと。十二人! ありがとうございます! こんなね、どこの小娘とも知れない底辺配信者のところに見に来てくれるなんて、十二人の物好きの皆さん、相当な暇人《ひまじん》——あっ一人減った、ごめんなさいごめんなさい! うそうそ。お目が高い! 選ばれし十二人ですよ。ほんとに。あっ十一人か。

皆さんどこから来てくれたんですかね?

あー、新着。ピックアップ? へえー、初配信なのにそういうのに出るんですね。ふんふん。

ありがとうございます。

〈ほんとに初配信なの？〉そうなんですよ。マジで初《はつ》。見る方はいっぱい見てますけど、自分で配信するのはこれが初めてです。だからちょっと緊張してます。へへへ。

〈どういう配信？〉えっとですね、それを今から説明したいんですけど、とりあえず目標としてはチャンネル登録者一〇〇〇人！　なのでぜひチャンネル登録してってくださると、とっても嬉しいです！

〈収益化目指してる？〉……わかります？

あ、バレバレ。はい。わかりますよね。ぶっちゃけそうですね。はい。収益化、したいです。お金がほしーい！

〈ぶっちゃけ過ぎ〉あはは、やーでも、やりたいことわかりやすい方がいいじゃないですか？そこんとこごまかすのもなんか嫌ですし。私、全部顔に出ちゃうタイプなんですよー。だから最初に言っておいた方がいいなって。

お金がほしーい！

なんでかって？　なんでだと思います？

それはですね……、せい、かつ、ひ。

はい。生活費のためです。

あ、〈わかる〉〈草〉〈わかる〉〈わかる〉〈切実〉〈俺も生活費ほしい〉

ですよねー！　わかりますよね！

よかった、怒られるかと思ったら、意外と皆さんわかってくれてますね。やっぱりそうですよね！　生活大変ですもんね。ただ生きるだけで大変。どうなってるんでしょうねほんと。〈配信だけで生活費稼ごうとしてんのか？〉あ、いえいえ、それは違くて、あのですね、私、一応働いてはいるんですよ。

え？

なんですか？

なんですか〈え？〉〈え？〉〈え？〉って？　なんでみんなびっくりしてるんですか？　あっ髪のせいか、まーちょっとね、髪脱色してるんですけど、そのせいで生主感《なまぬし》はめっちゃあるかもですね。え？

〈小さいから中学生かと思った〉？

いやいやいやいや！　おかしいな、さすがにそこまでじゃな——〈小学生かと〉⁉　ちょっと！違いますよ！　私、成人してますからね？

〈失望しましたファンやめます〉おい‼　やめんな！　いやもうファンだったんかーい。嬉しいですけどねファンになってもらえるのは。やめないでくださーい。

〈それはそれでアリ〉何がそれはそれでだ。何目線なんですか。

いや！　私ね、こう見えても、あっくそ自分で「こう見えて」とか言っちゃった、こう見えても、結構器用なんですよ。いろいろできるんで、よく職場は変わってるんですけど、給料安いなりに生活能力あるんです。はい。これこそ自分で言うかって話なんですけど、ここは強気でいかせてもらいますね。

なぜなら、身近にめちゃめちゃ生活能力のない人がいるから。その人を見てると、あー私めっちゃマシな方じゃん、できてるじゃんって思って。かなり自信つきましたね。

〈彼氏かよ〉違う違う、そういうのではないです。同居人。あ、女のね。ここ自宅なんですけど、私ルームシェアしてるんですね。私より年上の女なんですけど、あのー、ぶっちゃけ全然生活能力がないんですよ。

だから私がしっかりしなきゃなって。そのためにもうちょっと生活費がほしいんですよ。仕事の給料だけだとやっぱり苦しいんで。

じゃ、移動しますね。共用のリビングからー、あ、カメラ揺れるので酔っちゃうかも。あれだったら少しだけ目をつむっててもらえれば。床だけ映しとくんで。

よいしょっと。

ガラガラ。

はい着きました。早い！　まあそりゃ普通の２ＬＤＫですからね。たまーになぜか辿《たど》り着けないことがあるんですけど、今日はちゃんと部屋があってよかったです。

コンコン。入りまーすよー。

ガチャ。

こんにちは多田羅《たたら》さん。

「は？」

は？　じゃないですよ。配信するって言ったでしょ。

「言ったっけ？」

言いました。ほら、自己紹介して。

「誰に？」

いま見てる人！

「インターネット？」

インターネット。

「はあ。多田羅未貴《みき》です。どうも」

……それだけですか？

「何を求められているのかわからない」

だから自己紹介ですってば。

「もうやった。他に必要なら君がやっといて」

あーはいはい。じゃあ私から言いますね。この、背が高くて、猫背で、眼鏡で、もじゃもじゃ髪の人がー、私の同居人の多田羅未貴さんです！

〈お母さん？〉違うわ！　どっちかというと私の方が面倒見てますからね言っときますけど。

〈さくらママ〉やめろー！　私をママにするんじゃない。

「誰としゃべってんの」

見てる人！　インターネット！

「へー。大変だね」

むかつく。他人事《ひとごと》みたいに言ってるこの多田羅さんですけどね、こう見えてまあ、結構すごいんですよ。生活能力はともかく。そうですね、いわゆる天才科学者ってやつ？　そう、こう見えて。

〈マッドサイエンティスト？〉〈外見はそれっぽい〉でしょー！　〈学会を追放されてそう〉大いにあり得ますね。理由は会費の滞納とかでしょうけど。この人いっさい事務能力ないんで。〈顔とか部屋の中とかネットに晒《さら》して大丈夫？〉だいじょうぶでーす。ちゃんと事前に話して許可取ってまーす。さっきの感じだと憶《おぼ》えてなさそうですけどー。

ていうかこの人インターネットに全然興味ないんですよ。ですよね多田羅さん？

「ない」

なんで？

「インターネットって失敗だっただろ」

失敗だったんですか？　まずそこから初耳なんですけど。でもその割には、いっつもＰＣの画面見てますよね。あれ何？

「インターネット３」

なにそれ？　２はどこに行ったの？

「さあ……。ＷＩＲＥＤの人とか知ってんじゃない？　メディアラボとか、ＤＡＲＰＡ《ダーパ》とか」

ダーパって何？

〈見せていいならよく見せて〉あ、じゃあ、せっかくなので部屋も撮りますね。ぐるーっ、と……。そこらじゅうにある本とか、電化製品とか、変なものとかよくわかんない機械とか、ぜんぶ多田羅さんの発明品や研究対象らしいです。よくわかりませんけど。

〈なんか広くね？〉やっぱりそう見えますよね。この部屋六畳しかないはずなんですけど、やけに広く見えるんですよ。倍くらいはありそうな気がする。ものが多すぎて膨らんで見えるんですかね。まあとにかく、ここを見てもらってもわかると思うんですけど、せっかく天才科学者とルームシェアしてるんだから、その研究とかを紹介すると面白いんじゃないかって思って、こうしてチャンネル開設したってわけです。長い！　前説《まえせつ》が長いよー。ようやく配信の趣旨をご説明できました。皆さんお疲れさまでした。

〈いい配信だった〉帰らないで！

〈いま来たけどもう終わり？〉まだです！　まだまだ。始まったばっかりですからねー。あ、いつの間にかリスナーさん増えてますね。三十四人！　どーもどーも、初めましてー。

改めて説明しますね、《ときときチャンネル》の十時さくらです。今日が初配信です！　このチャンネルは、私の同居人の天才科学者、多田羅未貴さんに、研究とか発明とかを見せてもらおうって感じです。で、私の当面の目標としては、まずチャンネル登録者一〇〇〇人達成して、収益化することですね。生活費の足しにしたいので！

多田羅さんは何か目標とかあります？

「え？　聞いてなかった」

聞いてて！　抱負かなんかあったらどうぞ。

「人生の抱負？」

なんでもいいよ。

「苦しんでいる人を助けたい」

あ……そうなの？　それが人生の抱負？

「うん」

へー……。普段そういうこと考えてたんだ。へえー。

「なんだよ」

いや、意外で。あ、褒《ほ》められてますよ、〈えらい〉〈すごい〉〈いいこと言う〉

「別に……普通だろ」

普通だそうでーす。はーい。じゃあさっそく——今日は何を見せてくれますか、多田羅先生？　いまは何をいじくり回してたんですか？

「えー……じゃあ、これとか」

なんですかこれ？　マグカップの中に……コーヒー……じゃないですねこれ。液体……のような、そうじゃないような。

見えるかな、どう？　映ってます？　なんですかこれ？

「宇宙だよ」

はい？

「カップに入ってるこれ、宇宙なの」

2

はい、宇宙だそうです。

…………え？　どういうことですか？

「だから、宇宙がこのカップの中に入ってるんだって」

ン？

「うん」

うんじゃなくて。あの、もうちょっと詳しく説明してもらえませんかね。

「ＬＳＤとか禅《ぜん》とか、ああいう昔ながらの、宇宙と一体化するやつがあるだろ、それを……」

ＵＳＢと家電トカゲ？

「一つも合ってない。話聞く気あんの？」

ごめんごめん。お続けになって。

「人体のハードウェア的な制約を化学物質やブレインハックで一時的に突破して意識を拡張すると、自分が宇宙と一体化したような感覚に陥《おちい》るだろ？」

だろ？　と言われましても、そんな経験がないので。

「陥るんだよ。これもそういう、意識の拡張を目的としたもの」

……ねえちょっと、もしかしてこれ、なんかの薬？　化学物質？

「薬じゃない。宇宙だってば」

だって、コメント来てるよ。〈ヤバいんじゃね？〉〈これ映して大丈夫なやつ？〉〈宇宙ってなんかの隠語だっけ？〉ど、どうなんですか？　初回配信でいきなりBANされるの嫌すぎるんですけど……っていうか逮捕されちゃうじゃん未貴ちゃん、やだ、どうしよう。

「なんも問題ないだろ……。外に出て空を見上げれば同じもん見られるんだから」

ほんとに……？　〈宇宙にしては星らしきものがほとんどないんだが〉そうだよね。ほぼ真っ黒。ちょっとだけ白とか黄色の点があるけど。

「そりゃ、宇宙の中の星の比率なんてたいしたことないからな」

え、夜空見上げたらもっと星多いですよね？

「地球は天の川銀河の中にあるから周りも星だらけに見えるだけだよ。宇宙全体で均《なら》してみれば、分布は相当薄い」

ふーん……。まだピンと来てないんですけど。

「じゃあ飲んでみたら」

……え？　飲んで大丈夫なんですか？

「飲んで大丈夫じゃないものマグカップに入れちゃダメだろ」

多田羅さんそんな常識ある人でしたっけ。

「キレそう」

　これなに入ってるんですか、成分。

「五パーセントは既知の物質とエネルギー」

　残り九十五パーセントは？

「不明」

　はあ⁉　そんなわけわかんないもの飲ませようとしないでもらえます？

「うるさいなあ。ダークマターが二十七パーセント、ダークエネルギーが六十八パーセントとか言えば満足するの？」

　ダークだから黒いの？

「もうそれでいいよ」

　あっその、どうせ理解できないだろうって投げやりになるのむかつく！　ちゃんと向き合ってください、私に。

「あ？　君じっさい理解できないし、そもそも理解しようとしないだろ」

　それでも嫌なんですぅー。

「うっわ腹立つ……。わかった、じゃあ訊けよ。何が知りたいんだ」

　はい。まずこれほんとに宇宙なの？　だとしたら、どっから出てきたんですか。

「ほんとに宇宙だよ。そのへんからさっき汲《く》んだばかりの、生《なま》の宇宙」

　汲んだ？　水を汲むみたいにってこと？

「うん。この部屋の、ちょうどいま君が立ってるあたりから」

ど、どうやって？

「超弦のＤ０《ディーゼロ》ブレーンで行列作って……あの、あれだ、金魚すくいの道具あるだろ、薄っすい網みたいな」

「ポイ？」

「それ。その超弦ポイを**スッ**とそのへんの空間に差し込んで、**ホイッ**とひねれば宇宙のかけらがすくえる。ダークマターの表面張力で短時間なら形が崩れないから、その間に**サッ**とマグカップで迎えにいく。それを何回かやると……なに笑ってんの？」

ご、ごめん。身振りが……お、面白くて……。

「………」

お、お続けになって。

ごめん！　ごめんて。ごーめーんーなーさーいー。

「もう知らない」

「知らないし。はいさよなら」

ごめんってば。だってかわいかったんだもん。

「あ？」

ね、みんなもそう思うでしょ。ほらほら、〈かわいい〉〈かわいい〉〈めっちゃかわいい〉

〈草〉ね？

「それ言われて私が喜ぶと思ったのか」

ううん。ぜったい嫌な顔すると思って。

「ぶっ殺すぞ」

殺すとか言わないでくださいー。でもすごいね、宇宙を汲んでくるとかそんなことできるんだ。ていうか宇宙って液体だったんですね？

「これは液体のように振る舞ってるだけ。空間そのものが超臨界流体になってる」

へー。

ほんとだ、ちゃぷちゃぷしてみても水面に何にも映らないですね。真っ暗な穴が開いてるみたい。こんなのどうやって思いついたんですか？

「私が考えたわけじゃないよ。《インターネット3》でレシピ見たからやってみただけ」

あー私もネットで流れてきたレシピすぐ真似しますね。多田羅さんは飲んだんですかこれ？

おいしかった？

「んー………」

あ、不味《まず》いんですね。

「いや、美味《うま》いとか不味いとかじゃない。あえて言うなら『おもしろい』かな」

えー、よくわかんないですけど。

「知りたいなら自分で飲んでみたら」

わかった。じゃあ、食レポしますね。

えっでも待って、これマグカップ洗いました？

「洗ったよ」

ほんとにー？〈気にするのそこかよ〉〈もっと先に突っ込むところあるだろ〉いやだってこの人コーヒー飲むときカップ洗ってたためしないですからね。

「切れ目なく飲んでんだからいちいち洗わないだろ普通」

空《から》になったマグカップ一晩放置したら洗うんですよ文明人は。

「お湯注《そそ》げば熱湯消毒できるからいいんだよ。食レポすんなら早くしたら？」

はーい。あ、同時接続数五十人になってる！　ありがとうございます！　今は宇宙を飲んでみようとしてます。見えるかな、このマグカップの中身が宇宙。超臨界流体？　の空間そのものなんですって。よくわかりませんけど。じゃあ皆さん、飲んでみますね。行きまーす。

……………冷たっ！

3

あー……。

これは、んん～～～、おいしいのか、おいしくないのか……。

あのですね、味が……味？　でいいのかな、いちおう、この変な感じの冷たさを、これの味としておきますね。

口に入れた瞬間、ちょっと感じたことのないタイプの冷たさがふわっと染み渡ってきて……そう、染みるんですよ。染み込んでくる。それでその冷たさの中に、逆に自分が溶けていくような。

普通だったら舌で味を感じて、それが口の中に広がっていくじゃないですか。でもこれは、味の中に私が広がっていくんですよ。広がって、溶けていく。自分が。そう！　私より味の方が大きい。これはどうしてですか多田羅さん？

「宇宙だからね」

それが答え？　よくわかりませんね。えーとコメント、〈ハッカみたいな感じ？〉うーんハッカじゃないな、近いのは、そうだなあ、あの、背中がぞわぞわーってなるやつあるでしょ。腰の後ろから背骨を這《は》い上がってくる感覚、うなじ通って頭皮まで来るゾクゾクする感じ、あれが舌から来るような――え、なに？　なに焦ってるんですか多田羅さん？

「いや、やめろってバカ、それはだめだろ」

何が？

「センシティブすぎるって……」

どこが…………？

え、全然わからないですね。何言ってるんだろ。すみませんね皆さん、この人ちょっと独自の感覚をお持ちなんで。

「独自じゃねえよ、聞いてみろよインターネットによ」

えー？　わかります皆さん？　どこがどうセンシティブなんですかね？　〈わからん〉〈全然わからん〉〈草〉〈わかる〉あ、たまにわかるって人いますね。ふーん……？　ごめんなさい私にはさっぱり。

〈味の感想は？〉そうですね……一言で表すなら……うん、確かにこれは『おもしろい』かもしれませんね。おもしろーい！

もう一口飲んでもいい？

「どうぞ……お好きに」

ありがとう。じゃあもらいますね。

………。

あーーーー、ぞわっとする！

なんか多田羅さんが私をガン見してるんですけど、怖いですね。なんなんでしょうか。

くーっ、染みる。染みますよこれは。

一回目よりちょっと多めに飲んでみたんですけど、ふんふん、わかってきましたね。あの、さっき『おもしろい』って言いましたけど、これその先があるんですよ。

これは……わかりました。

この味はですね、『わかる』です。

わかりますね……わかっちゃいますねー。

どこまで伝わるかな、食レポしますね。あの、さっき味の方が私より大きいって言ったじゃないですか。考えてみたら当たり前なんですよ、これ宇宙なんですから。私が宇宙に溶けていくんです。そうすると、なんか、いろんなことに納得がいくんですよ！

ほら、皆さんも思ったことあるんじゃないですか？　なんで自分って存在するんだろうって。私、小学校の二年生くらいだったかな、学校から一人で帰ってるときに、ふっと思ったんですよ。『私』ってなんでいるんだろうって。それがすっごい記憶に残ってて。なんで私がいるんだろう、この世界って何なんだろうって。そのときの天気とか、明るさとか、道ばたの植木の枝の向こうから差し込んでくる光の加減とかまではっきり覚えてますから、たぶんすごいインパクトだったんでしょうね、子供心に。

皆さんは思いませんでした？

あ、〈思う〉〈わかる〉〈哲学〉あーやっぱり、みんな思いますよね！　で、これ飲んだら、その疑問がスーッと氷解していくんですよ！　私がここにいる理由とか、世界がこういうふうになってる理由とか、今までずっと不思議だなって思ってたことが、全部わかってくるんですよ。

理屈っていうか、体感っていうか、あのー、うまく説明できないんですけど、純粋な理解そのものが先に来る感じなんですね。なぜかというと……つまり……それは……私だから。世界が。私がいるから、世界がある……宇宙がある。私イコール、宇宙。そう！　まさに宇宙と一体化する感じなんですよ！

わかります？

えーと、〈わからん〉〈全然わからん〉〈草〉あー……やっぱりそうですか。ごめんなさい、語彙力《ごいりょく》なくて。〈わかる〉あっ、わかってくれる人もいる！　よかったあ。うんうん。ですよね。だからそれが……、

あっ。

あーっ、どうしよ、消えちゃう。『わかる』が薄れて……遠くなる……あ、あ、あ……、

消えちゃった……。

わかんなくなっちゃった。

あー……あんなによくわかってたのに。

………………。

ぐずっ。

あ、あれ⁉　やだ、なんで私泣いてるんだろ。

えー、ちょっとやだ、ごめんなさい皆さん。あの、泣くつもり全然なかったんですけど。え、なんで？

なんでだろ。なんにもわかんなくなっちゃった。

ぐすっ。

あの、ごめんなさい、ほんとごめんなさい。ちょっと鼻かみたいので、一瞬ミュートしますね。

――――。

あー、あー、ミュート解除しました。やー、ごめんなさい！　お見苦しいところを。びっくりさせちゃいましたよね。いや、なんかすっごい涙ボロボロ出てきて。自分でもビビりました。んーと、〈宇宙と一体化ってやばいね〉〈まんまLSDで草〉LSDってなんでしたっけ。〈それほんとに大丈夫なの？〉どう……なんですかね。気分はぜんぜん、すっきりしてますけど。多田羅さんに聞いてみましょう。

あのー、なんで宇宙を飲むとこんな感覚になるんですかね？　口から飲んでるってことは、胃とかで吸収されてああなるんだと思うんですけど。なんかそういう成分が……？

「成分とか関係ない。液体に見えるけど液体じゃないって言っただろ。宇宙そのものだから」

その、宇宙そのものってのがピンと来ないんですよ。最初にこれ、宇宙のかけらを汲んだものだって言ってましたよね。つまり、〝宇宙空間〟の一部ってことでしょ？　それを身体に取り込んだとして、どうしてそれだけで『わかる』ようになるんですか？

「君も最初からそこに含まれてるんだよ。君も宇宙の一部だから」

意味がよく。

「水滴の表面を想像して。よく見ると表面に周りの光景が映り込んでるだろ」

はい、はい、はい。

「そこにもっと小さい、水分子を一つ落とすとどうなる？」

混ざり合って一緒になる？

「そういうこと。ここで言う水滴が、このマグカップの中身。水分子が、君」

だから飲むと、自分もその一部に……？

「そう、接触するだけで〝宇宙と一体化〟する。経口摂取じゃなくてもいい、指先つけてしばらくしても同じ効果は得られる。ていうか見るだけで、つまり知覚するだけで一定の影響があるはずなんだ。ただ私が実験した限りでは、飲むのが一番早いね。身体の中に取り込むというのが効いてるっぽいけど、心理的な要因もありそう」

皆さんわかります？　どうですかね。〈わからん〉〈わからなくもない〉〈完全に理解した〉

マジですか？　すごいですね。ほんとに？〈そのマグカップの中にあるのはわずかな量だけど、そこに宇宙全体が映り込んでるってこと？〉

「〝宇宙全体〟という言葉の使い方による。さっきの水滴の喩《たと》えだと、仮に無限の視力を持つ人間が水滴を覗き込めば、世界のすべてがそこに映っていることがわかるはずだが――」

えーっと？　そう……かな？　その場合でも、地平線の向こうは映ってないんじゃないですか？

「きみ意外と頭いいじゃん。そう、このアナロジーでもそこは同じで、事象の地平面から先はこのカップの中に映り込んでいない。だから〝近所の〟宇宙ってことになるな。ただ宇宙ってメタなレベルでは非局所的だから、地平面の向こうの事象とも繋がってはいる」

うう〜……。

「私たちが〝空間〟と呼んでいるのは、もっと深いレベルの宇宙の法則によって作られたものだから……どうした？」

わからん！！！！！！！！！！！

「うるっさ」

全然わからん！　悔《くや》しいぃぃぃ。

「無理すんなって……。ここまでかなり踏まなきゃならない前提が多いんだから」

私は理解したいんですよ。

「熱意だけ買っとくわ。そろそろいいだろ、返してそれ」

あ、うん…………。

「ん？」

あの、もう一口だけいいですか？

「ええ？　いいけど……ほどほどにしとけよ」

なんで？　おなか壊す？

「いや、これ明らかに人間の認知超えてるからさ、調子に乗って接触し過ぎるとどうなるかわからない」

危険ってこと？

「さあ」

ねえ、どうして私にそんなもの飲ませたんですか？

「わからんから自分で実験しようとしてたところに君が来たんだよ」

またそうやって危ないことして……。もっと自分を大切にしてほしいんですけど。

「余計な世話だよ、ほっとけよ」

だって同居人だもん。心配するでしょ。

「いや別に、一緒に住んでるだけだし……他人じゃん」

……いただきます。

「え？　ああ――」

……………………。

「――あっ⁉　バカ、そんな一気に飲んだら――」

4

…………………………………………。

「…………おい？」

はい。

「大丈夫か？」

はい。

「だ……えーちょっと、全部飲みやがった。ほんとに大丈夫か？　私がわかる？」

はい。

「この指何本に見える？」

いろんな指の本数の組み合わせが重なり合ってて――これ私が決めていいんですかね。じゃあ二本で。

「おっ、そうなるのか」

なんですかそのぼやけた姿は。舐めてるんですか。

「酔っぱらってんの君？」

シラフですよ。完全に。

「シラフではねえな」

これ以上ないほど頭が冴えてますよ今。すごくわかってます。いろんなことがわかっちゃいました。ヤバいですよこれ。

「ほー。何がわかったのか教えてくれよ」

はい。食レポしますね。

「だいぶ拡張されたな、食レポの概念」

えーとですね、まず、私、宇宙なんですよ。私イコール宇宙。宇宙イコール私。同じなんです。

「さっき聞いた」

ていうか最初からそうだったんですよね。やっと気付きましたけど、これ飲む前から……生まれたときから……いやもっと早い段階からそうだったたっぽいですね。どうして気付かなかったんだろう。こんなにも簡単だったのに……。

「盛り上がってきたな。いいぞ」

宇宙って全部繋がってるんですよね。すごーく離れてて全然関係ないように見えるものでも、実際には関係していいて。距離とか関係ないんですよ。宇宙の端と端にいても、隣り合ってても、同じなんです。

「そうそう、それが時空の非局所性」

そうなんですか？　あと物事の起こる原因と結果も実は全然順番通りじゃなくてよくて、たとえばあの、今から足を滑らせて転ぶような気がするんです。

あ、あ、いま来ますよ。三、二、一、きゃっ！　あっ、ありがとう。受け止めてくれなかったら危なかったですね。

「何やってんの？」

あ、お姫様抱っこされてる！　ヤバぁ。いいですよ、その調子で丁重に扱ってください。

「この体勢でまだ配信続けるんだ。〝それでもカメラを放しませんでした〟じゃん」

いいからコメント読んでください、私の代わりに。

「なんでだよ。えー……なんかすげえみんなはしゃいでるんだけど、何これ？　どうしたの？」

それはですねえ、私を素早く受け止めた多田羅さんがかっこいいからキャーキャー言ってるんですね、きっと。

「どうしちゃったの君？」

ねえ、なんで多田羅さんの顔この距離でもぼやけてるんですか？　もっとはっきりしてくれませんか？

「君の認識がぼんやりしてんじゃないの、私に対する」

私ずっとはっきり見ようとしてるんですけど、なんかうまくいかないんですよね。

「君に底を見抜かれるような人生送ってないから」

は？　むかつく。せっかくこういう体勢なんだからちゃんとお姫様扱いしてください。

「お姫様抱っこっていうか、ピエタっぽいよな」

ピエ……？　スペイン料理かなんかでしたっけ？

「なんのこと言ってんだかさっぱりわかんねえ」

あれ？　なんかそういうのありましたよね皆さん？　ほら、コメント読んでください、多田羅さん。

「人使い荒いな。んーと、〈わからん〉〈ピエトロ？〉〈ピンチョスのこと？〉」

あ、それだ！　ピンチョスピンチョス。

「宇宙と一つになってても知らないもんは知らないんだね」

あれ？　なんで？　私、全知全能になったんじゃないんですか？

「思い上がってるねえ！」

違うのか……あれー？

「なんで遠く離れたもの同士が関連してるのかはわかった？」

あ、そこはわかりました！　宇宙って影絵みたいなものなんですよ。宇宙より深い場所に、物事を結びつけている網目模様があって、ものすごく複雑な蜘蛛《くも》の巣みたいになってるんですけど、そこでの結びつきは宇宙の中にいると見えないんですよね。宇宙にあるものや出来事は全部、実際にはその蜘蛛の巣で繋がってるのに、私たちにはその影絵しか見えないから、無関係にしか思えないんですね。

「高次元のエネルギーネットワークを見てるんだな。ところでそろそろ自分の足で立ってくれない？」

あ、はーい……よっと。わーすごいな、部屋の中のもの全部、何かと繋がってる。皆さんこれ見えますかね、すごい量の線がそこらじゅうで交差してるんです。蜘蛛の巣だらけの部屋みたい。めっちゃカラフルですけど。

「カメラには映らないと思うよそれ」

だめかー。私からも線がいっぱい延びてて……あ！　これ皆さんとも繋がってますね！　すごい、いま見えてますよ皆さんのこと。目で見えてるってわけじゃなくて、ちょうどネットのリンクが張られてるみたいな感じで皆さんと繋がってます。あ、いま配信画面閉じた人いる！でもまだリンクは繋がったままですね。放っておくとこれも切れるのかな。

「怖いとかキショいとか言われてるぞ。インターネットの人たちを怯《おび》えさせてるんじゃないか、君」

怯えないでー。大丈夫ですから。そんな、個人情報とか見えませんし。あっまた視聴者数減っちゃった。うう、もう余計なこと言わないでおこう。

ていうかこの網目模様、ぼやけて重なり合ってすっごく見づらいです。さっきの多田羅さんの指と同じ。集中するとだんだんフォーカスが合っていくんですけど、どこに集中すればいいのか………あ！

「ん？」

あの、多田羅さんってもしかして最初からこれ見えてました？　網目模様が多田羅さんを中心にしてすっごいたくさん広がってるんですけど。

「いや、見えてないよそんなの」

ほんとですか？　うっわこれ……私から見ると多田羅さん、あの……すっごい、あの怒らないでくださいね、毛虫みたい。

「毛虫て」

だってそうなんだもん！　すっごい数の線が全部の方向に延びてて、多田羅さん隠れるくらい……いやそれだけじゃないのかな、この量？　多田羅さんのＰＣからも出てる？

「あーわかった、それ、《インターネット３》だ」

え？　多田羅さんがいっつも見てるやつですか？

「むりやり組んだＵＩで眺めてるだけだから恥ずかしいんだけど、多分そう」

え、《インターネット３》ってなんなんですかマジで。

「超高次元の粒子《りゅうし》間ネットワークだよ。君の見てるそれがそう。粒子の結びつきがこの空間のレベルを超えると、他の次元とリンクするごとにエネルギー量が増えるだろ？　そんな高エネルギーネットワークがあったら、超越的な知性が通信手段として使わないわけないからさ。見てみたらすげー面白かったから――」

だからずっと見てるの？

「フフフ。そう」

きも。デュフデュフ笑わないでくれます？

えっと、つまり……多田羅さんは宇宙人のネットに接続してるってことですか？

「宇宙人かどうかは知らないよ。ネットワークの向こうに何がいるのか全然わからんから。〝宇宙人〟みたいな表現に当てはまるとは限らないし、人間に理解できる存在かどうかも怪しい。この宇宙にいる私がネットワークを観測することで、高次元の集合知が因果力学的単体分割されて、どうにか認識できる情報をかすめ取ることができてるんだ」

へええー……。私もそこに接続すれば――

「やめな」

え？　なんで？　だって私も、《インターネット3》で多田羅さんと同じものが見られるように――

「君は君のままでいろよ。こんなのに慣れたらよくない」

身体に悪いってことですか？

「身体に悪いし精神に悪いし認知に悪いし」

それは多田羅さんも同じでしょ。

「私は気をつけてるからいいよ。君はやめとけ」

いやですー。私だって理解したいんですー。多田羅さんと同じもの見たいんですー。

「それは無理」

はあー？　むかつく。馬鹿にしないでくれます？

「私と君が同じものを見るのは無理なんだよ。私たちは別々の宇宙に生きてるから」

え、どういう意味ですか？　同じ宇宙ですよね？　ほら、この距離にいるし。ちゃんと触れられるし。

「君が見てる宇宙と私が見てる宇宙は違う。同じ空間を共有してるけど、君と私はそれぞれ異なる観測者だ」

でも、繋がってるんですよ。この蜘蛛の巣みたいなやつ、私と多田羅さんの間にもめちゃめちゃリンクしてるもん。

「そのネットワークは、あらゆる可能性が重なり合ってるんだ。君はその中から自分で見たい宇宙を選んで観測してる」

それの何がダメなの？

「……ダメってこたないが、私の見ている宇宙とは違うってこと」

……………………………………………………。

「なんかヤバい目つきしてるけど、どうした？」

……………………………………………。

「配信中に黙っててていいの？　インターネットの人たち困惑してるよ」

あらゆる宇宙の可能性があるんでしょ、ここに。

「理屈の上ではね」

ってことは、私の宇宙と、多田羅さんの宇宙が交差してる可能性もどこかにあるわけでしょ。

それを探してるの。

「……………」

ほら、黙ってないで私の代わりに喋《しゃべ》ってててください。配信中ですよ。

「なあ、インターネットの人たち、こいつどう思う？　どついていいかな？」

あれ？

ねえ、多田羅さん、いま視聴者数ドカッと増えました？

「いや？　さっきから六十人前後で推移してる。増えてるっちゃ増えてるが、ゆるやかな微増程度」

変だな。

あの、さっき私、リスナーさんと繋がってるって言ったじゃないですか。いまいきなり、すごい大量の繋がりが現れたんですよ。

「大量の繋がり？」

なん……だろ、かなり遠い場所に、私を見てくれてるリスナーさんの集団がいて……。これ、どういう人たち？

「何人くらいいるの？」

わっかんないですね……。数がわかんない、でもめちゃくちゃ多いです。何千とか何万とか何億とか、もしかするともっと。とにかくすごい数のリスナーさんがいて……私を見てくれてる……？

「画面見る限りでは視聴者数に変化ないぞ」

コメントはなんて？

「初回配信でそのバズり方は間違いなく炎上、とか言われてるが」

いやいやいや……炎上要素ないでしょ別に。

「あとは、バグったんじゃないのかとか言ってるね」

配信画面が？

「どっちかというと君の頭のバグだろ」

いやほんとにいるんですって！

多田羅さん、他人事みたいに言ってますけど、私だけじゃないですからね。二人とも見られてますよ。

「あ？」

しかも多い……いや、多いっていうか、なんか、大きいのかな……。そうだ、大きいんだ。

めちゃめちゃ大きい。何してるのか、何考えてるのか、全然わかんない。何なのこれ。

「……数字には表示されない、未知の巨大なリスナーのクラスタが見えてるってこと？」

だからさっきからそう言ってるじゃないですか。

めっちゃ見てますよ、私たち二人を。こっちが気付いたのを、向こうも気付いたみたい。

挨拶しときましょうか。

どーもー。見えてますー？　《ときときチャンネル》の十時さくらでーす。これは同居人の、多田羅未貴さんでーす。よろしくお願いしまーす。

「おい、さくら、もしかしてそれ……」

挨拶届いてるのかな。なんか反応してるような気もするけど。

まあでも、私が探してたのはそっちじゃないから、いいんですよ。もともとは私と多田羅さんの宇宙が交差するポイントを探そうとしてたんで。

こっちかな……このへんかな……。

「いや、待て！　そんなもんよりその、未知のリスナーの方をもう一回――」

あ！

待って、消える消える、またわかんなくなっちゃう。

「マジかよ、ここでか？」

ごめん、もう効き目切れちゃうみたい……。

ああ……あ……。

…………………………………………。

「……ほれティッシュ」

や……大丈夫です。

あーあ、元に戻っちゃった。

「未知のリスナー集団もいなくなった？」

もう完全に切れてますね。見てくれてたとしてもわかんない。

「そうか……」

何かまずい？

「いや、なんでも。気にしないで」

そうなの？　わかった。

はー……。せっかく繋がってたのに、一人になっちゃった……寂しい。

「しょせん人間はみんな一人なんだよ」

うわ。聞きました皆さん？　こういう知ったふうなこと言われるのってすごく私むずむずします。中学生くらいの感覚がまだ抜けてないんですかね？　多田羅さんインターネットやってなくてよかったですね。ＳＮＳで極端なこと言って、いいねしてもらうのが癖になるタイプですよね絶対。

「君けっこう失礼なこと言うねえ！」

コメント見よ。えっと……〈ラリってんの？〉〈こわ〉〈コミュ抜けるわ〉〈低評価しておきますね〉ちょっとー!! ほんとに低評価押してるし！

「ははは」

笑ってる場合じゃないですよ。はーもう、最悪。〈なに見せられてんのこれ?〉なんでしょうね。私にもよくわかりません。さっきまでは完全にわかってるような気がしてたんですけど。あ、〈配信見てるうちになんか変な感じになってきた。これが宇宙……?〉だって！ 飲まなくても影響あるんですかね。こわぁ。

え、でもどうしようこれ。しかも同じような人が何人もいるっぽいんですけど。大丈夫ですか? 宇宙と一体化した皆さんは私と一緒にこの喪失感にひたりましょう。

ねー。悲しいね。

「もういい?」

あ、はい。それじゃ、そろそろ配信終わりまーす。

いまの同時接続者数は……八十八人！ やったー増えてる！ チャンネル登録も二十一人！ ありがとうー！

皆さん見てくださってありがとうございます！《ときときチャンネル》の十時さくらでした！ よかったらまた見てくださいね。あ、チャンネル登録と高評価、ぜひ！ お願いしますっ！

じゃあまたねー。ばいばーい。

ほら多田羅さんも。バイバイってやって。

「すみませんね。どうもうちのがお騒《さわ》がせを」

はあ!? そうじゃないでしょ!?

「はい、バイバイ」

ばいばーい!!


…………………。


「もういいか？」

お疲れさまでした。

「はい、どーも」

あーーーーーーー、緊張した！！！！！！

「うるっさ」

はー……。

未貴ちゃん。ねえ。

「なに」

結局他人ってことなんですか私たち。

「なんの話？」

しょせん人間はみんな一人って言ってたでしょ。ショックだったんですけど。

「中学生みたいな感覚で悪かったな」

未貴ちゃんと宇宙より深いレベルで繋がってると思ったのは、私がそう思いたがってるだけってこと？

「めんどくさいやつだな君。観測者ごとに宇宙の姿が変わるのはしょうがないだろ。それを完全に共有することはできないんだ」

つら。

未貴ちゃんのことちょっとでも理解したいのに、ぜんぜん理解できない。一緒に住んでるのに、結局なんにもわかんない……。

「なんか勝手に悲観してるみたいだけど、他人同士なのに一緒にいる方がすごいんじゃない？」

え。なるほど？

そういう考え方もあるのか？

「…………」

なるほど……。

「なあ、画面まだついてるけど、それ配信切れてる？」

……あっ、やば、

［※配信は終了しました］

＃2　【時間飼ってみた】

＃２【時間飼ってみた】

1

あ。

あーあー。聞こえてますかー。

あ、〈聞こえてるよ〉よかった。

ありがとうございます。えー、じゃ、はい。

あのー。こんにちは。

あーいや違う、ちゃんと始めないと。

ジッンジッ。

どーもこんにちは！　《ときときチャンネル》の十時《とき》さくらです！

……こういうのってなんか挨拶決めた方がいいのかな。有名な配信者さんってそういうのありますよね。

まあいいや、次までに考えておきます。

えー。見に来てくださった……五人の皆さん！　あれ？　おかしいな、初回より少ないぞ。

〈告知ギリギリだったからじゃ？〉あーごめんなさい！　やっぱりそうですよね、十分前じゃ遅すぎますよね。

今なら配信できそうだって思って焦っちゃった。これも次からちゃんとしますね。

もっかい告知しとこ。ちょっと待って……。

ゲリラ配信、開始しました、でＵＲＬ貼って、と。

……おけ。告知しました！　気付いてもらえるといいな。

はい、というわけで、お待たせしました。

今日はですね、ちょっとやりたいことがあって。

〈仕事忙しいの？〉……ん？　えーと？　何の話ですかね？

ああ！　今なら配信できそうとか言ったからか、そうじゃないんですよ。日々忙しいのは間違いないんですけどね、派遣の仕事とかで。

違いまーす。未成年じゃないでーす。成人してまーす。中学生でもないでーす。

残念だったな！　帰れ帰れ。うそ帰らないで。もうちょっと見てって。

えー改めて説明しますと、このチャンネルは、平凡な一般人の私、十時さくらが、一緒に住んでる天才科学者、多田羅《たたら》未貴《みき》さんの、なんか研究とか発明とか見せてもらおうっていう配信です！

はいそうなんです。天才科学者がいるんですよ、うちに。同じ家に住んでるの。

〈ルームシェアしてるんだ〉あー、まあそうなんですけど、居候《いそうろう》って言った方がいいかもです。そうそう。うん、家賃もらってないし。

〈一人で払ってるの⁉〉〈男養《やしな》ってるってこと？〉おんなおんな。女っす。

……あれ？　それご存じない？　てことは……五人しかいないのに初めましての人がいらっしゃる？

あっまた、五人しかとか言っちゃった。失礼しました。五人も！　五人も、です！　ありがとうございます！

あ、〈初見です〉〈初見〉わーそうなんだ、そかそか。ごめんなさい、てっきりチャンネル登録してくれた人が通知に気付いて見に来てくれたのかと。初見さんいらっしゃい。フフッ。自分がこれ言うことになるなんて、おもしろ。よかったらチャンネル登録してってくださーい。

〈配信してたんだ〉あっ、前回も来てくださった方ですね。いらっしゃーい。ありがとうございます。そうなんですよ、配信してました。いま始まったばっかりですんで。

んでですね。今日なんで慌てて配信始めたかっていうと、あのー……、
あ！

聞こえました？　今。

ほら、また。

どうですか？

〈わからん〉〈なんも聞こえないけど〉あれ、ほんとですか。マイクに乗らなかったかな。な

んか、ぱたぱた歩く音がするんですよ、この前からときどき。どうも動物の足音っぽいんですよね。

うち動物飼ってないんで、これもしかすると、多田羅さんがこっそり動物拾って持ち込んだんじゃないかなって。

や、だって、なんか訊いたらとぼけるんですよ。そう、訊いたんです。あのー、多田羅さんの部屋なんか動物いない？　って。ストレートに。

そしたらなんて言ったと思います？

動物はいない、だって。

含みのある言い方じゃないですか。まあまあ、多田羅さんが回りくどいのは慣れてるんで、ん？　って思いながらも、えーじゃあでかい虫とかいるんじゃない、多田羅さんの部屋散らかってるし、って言ったら。

そういうんじゃないと思うよ、とか言うんですよ。

なんじゃそりゃですよね。私もそれなりに多田羅さんのことを見てきたんで、あの人が何かはぐらかそうとしてることくらいわかるんです。

前科あるんですよねー。ずっと前ですけど、野良猫かなんか飼おうとして、引っかかれてすごい熱出してぶっ倒れてました。知ってました皆さん？　あのね、猫ひっかき病っていうのがあるんだって！　そう、ちゃんとした病名なの。かわいい病名だけど怖いらしいですよ。多田羅さんもリンパ腫《は》れたりしてましたから。あれで懲《こ》りたと思ったんだけどな、甘かったみたいです。

なので！　今日は配信の名目《めいもく》でまた多田羅さんの部屋に凸《とつ》して、現場を押さえてやろうと！

そう思って急いで配信準備したわけです。

〈ペット可なのそこ？〉あ、えーとですね、それは……、っとっと、答えちゃうとこだった。あのー、住所特定に繋がりかねないんで、そこはぼやかしまーす、すみませーん。そうです、物件情報なんで。ごめんなさーい。

〈えらい〉〈その方がいいよ〉まあね、私こう見えてしっかりしてる方なんで。一緒に住んでる人に生活力がないと、どうしてもそうなりますね。

あ、よかった、しちょうしゃしゅう増えてきた。やっぱ告知遅かったですよね、ほんとすみませんでした。えーと……十五人！　前回の開始時より増えましたね、やったー。

え？　なんですか？

噛《か》んでません。ちゃんと言いました。しちょう……視聴さすうって。あのー、ほら、そういうのが売りなタイプじゃないじゃないですか私。噛んじゃってかわいーみたいなガラじゃないんで。だから……なんですか？　言えますよ。決まってるじゃないですか。余裕ですよ。しちょうしゃしゅっ……

はい。

じゃあさっそく――

〈かわいい〉〈はいかわいい〉……ありがとうございます。いま歯噛みしながらお礼を言ってますね。〈今のでチャンネル登録しました〉不本意！ありがとうございます！まあ私のことはいいんですよ。いつまでもこうしててもね、なんの配信だかわからなくなっちゃうんで――あ、カメラ持ち上げるので画面揺れます、酔う人ちょっと目をそらしたり、つむったりしててくれた方がいいかもしれないです。

よっと。

〈注意喚起助かる〉〈えらい〉そうそう、こういうところを見ていただけるとですね、私も。

〈両目つぶした〉そこまでしろとは言ってないんですよ。

はーい、じゃあ多田羅さんの部屋に向かいまーす。向かうって言ってもリビング挟んで向かいの部屋ですけどね。

〈勝手に入っていいの？〉配信するよーって投げて既読スルーされてるんで大丈夫です。どうせいつも上《うわ》の空なんで、見てないとかぬかすと思いますけど！

〈着替え中とかだったらやばくない？〉そんなベタなシチュエーションだったら超ウケますね。大丈夫だと思います。多田羅さん裸族じゃないから家の中でそんな薄着じゃないですし。そう、あのね、私の友達にいるんですよ、裸《ら》族が。二人も。自宅で服着ないとか考えたこともなかったからびっくりしちゃった。皆さんの周りにいます？

〈さすがにパンツは穿《は》く〉〈風呂上がりなら……〉〈下着まで〉〈わかる〉〈俺も〉〈家で服着たくない〉〈私も〉〈帰宅即全部脱ぐ〉ごめんなさい完全に話題間違えました。リスナーさんの裸族率ぜんぜん知りたくなかったです。

まあでも、万が一なんかまずいことになってたときに備えて、こうして床だけ映しておきますね。

はい、じゃあ行きまーす。

コンコン。開けろ！　デトロイト市警だ！　ガサ入れに来たぞ！

「……え、何？」

あ、よかった。服着てますね。

「本当に何？」

ガサ入れです。

「ガサ入れの人って、自分でガサ入れに来たぞって言うの？」

言わないとわかんなくないですか？

「ノックは控えめだし、開けろって言っておいて自分で開けてるし、デトロイト市警ってもっとなんか、こう……」

いいんですよ細かいことは。あ、目つむってた人、もう見ても大丈夫ですよ。

「ああ……またインターネット？」

ねえ配信のことインターネットって言うのやめて？　おばあちゃんだよそれ。

はい、じゃあ改めて。このいちいちうるせえひょろ長いもじゃもじゃ眼鏡が、私の同居人の天才科学者、多田羅未貴さんです。

ほら、コメント来てるよ。〈キャー多田羅さーん〉〈多田羅さん好き〉〈かわいい〉〈かっこいい〉〈天才科学者っぽい〉〈初見ですこんにちは〉初見さんいらっしゃーい。

「ｂｏｔじゃないのそれ」

人間！　人間です！　インターネットの向こうには人間がいるの！

「へえー」

初めて聞いたような顔しないでください。

あの、皆さんに説明しておくと、この人ほんとにインターネットに興味ないんですよ。なのでときどきほんとにおばあちゃんみたいなこと言うかもしれませんけど、温かい目で見てあげてくださいね。

はい、リスナーの皆さんに挨拶どうぞ。

「はあ。カメラに向かって？」

そう。

「こんにちはインターネットの人」

もっと何か。

「ひょろ長いもじゃもじゃ眼鏡のおばあちゃんです。このちんちくりんのブリーチ頭中学生の同居人です」

はあー？　言ってくれんじゃん。

「で何、ガサ入れって」

しらばっくれちゃって。ネタは挙がってるんですよ。

「ネタ？」

なんか隠れて飼ってるでしょ、多田羅さん。

「………」

ほらぁ！

「なんも言ってねえだろ」

皆さんこの顔よく見てください、これが多田羅さんが物事をごまかそうとしてるとき特有の表情です。

「ごまかそうとはしてない」

そうですね、正確には、どうせ私に言ってもわからないと思って、説明するのがめんどくさいときの顔ですね。

「君ときどき鋭いよな……」

私はいつも鋭いですよ。

「自己肯定感たっか」

多田羅さんの背が高いから私はそこを高くするしかないんです。

「意味がわからん」

そのわからんところがむかつくんですよ……あっ！

「あ」

今パタパタいいましたよね、部屋の中で。やっぱり動物いる！

「動物じゃないって」

いやどう考えても動物の足音だったでしょ。今度は聞こえましたよね皆さん？〈聞こえた！〉〈猫？〉〈猫にしちゃ変じゃない？〉確かに猫っぽくなかったですね、もっとせわしなくて……。〈虫なんじゃ？〉虫だったらけっこうデカいやつっぽいですけど。え、ヤバくないですか？

「虫でもない」

虫じゃないそうです。よかった。

「虫苦手だったっけ？」

私よりもリスナーさんがびっくりしちゃうので。〈やさしい〉〈俺らのことを心配して……？〉そうですよ。あったりまえじゃないですか。そういうとこ私しっかりしてるんで。ほら、登録者数一〇〇〇人目標にしてますからね。

「関係あんのそれ？」

あ、ほら！　そっちで聞こえましたよね、テーブルの下！　覗いてみま……ねー、ちょっと、なんでこんなに散らかってるんですか？　信じられない。

「いいだろ私の部屋なんだから」

だってほら椅子もテーブルも本来の機能果たせてないもん。本も機械も積みっぱだし、ケーブルぐっちゃぐちゃだし、この重なってるでかい箱なんか入ってるの？　全部空《から》なんじゃないですか？

「ほっとけって。こう見えて秩序があんだよ」

部屋散らかってる人みんな同じ言い訳しますよね。ｂｏｔなんですかね。

「人間はみんなｂｏｔだからな」

まーた達観したようなこと言って。実際には達観してないんだからやめた方がいいですよ、そういうの。

「言うなあオイ」

仏さま以外でそういうこと言うやつは信じちゃいけないってお祖母《ばぁ》ちゃんに教わったんで。

「私以外に部屋散らかってる人、誰？」

はい？

「みんな同じ言い訳するって言ったろ。誰のこと？」

そんなこと言いましたっけ……わっ⁉　なんかいた！　見えました皆さん？　今そこに……映《うつ》ってたかな？

〈今いた〉〈なんか動いた〉〈崩れたぞ〉いましたよね！　ちょっと待ってください、カメラで、わっ、とっ、とっ……！

「おっと」

あっ……。

「ほら危ねえって。狭いんだから気をつけろよ」

あ、ありがとうございます……。

「うん」

…………。

「……何？　静かになっちゃって」

なんでもないです。放してください。

「助けたのになんつう言い草だよ」

だからありがとうございますって。

「本当に意味がわからん」

そういうところですよ、あーもー腹立つなあ。

〈あぶな〉〈気をつけてー〉気をつけます、ごめんなさーい。〈動物どこいった？〉そうでした。こっちの方に音が移動してましたよね。やっぱりこの部屋変に広い気がするんですけど。ていうかこんな間取りでしたっけ？

〈前となんか違う気もするな〉〈気になってアーカイブ見たけど置いてる物違ってよくわからん〉うーん？　最近模様替えしました？

「したといえばしたかもな。流動的なんだよこの部屋」

どういうことですか。

「しょっちゅうもの動かしてるし、気がついたら動いてることもあるし」

はあ。片付けないのをごまかしてるようにしか聞こえませんけど。

「その証拠に、ほら、ホコリ積もってない」

……ほんとですね。こんなに散らかってるのに。

「な、秩序があるって言っただろ」

勝ち誇った顔するのやめてくれます？　共用の家にこっそり動物連れ込んでる時点でアウトですよ。

「動物じゃねえって。生き物だったらなんか匂いとかするだろ」

すんすん。

うーん……確かに、多田羅さんの匂いしかしませんね。

「なんでそんなこと言うの？」

え？　なんですか急に。あ！　ほら！　その棚の後ろでごそごそしてる！　多田羅さんちょっとそこどいてください、映らないんで。

「あ？　ああ……」

皆さん見えてますか？　あ、出てきてくれそう！　ほら！　どんな子だろ、かわいいといいな。

〈ウキウキじゃん〉〈動物かわいがりたいだけでは？〉まあまあ、細かいことはいいじゃないですか。〈危険な生き物じゃないの？〉危険だったら多田羅さん止めてると思うので。

あ！　出てくる出てくる、出て……きた……。

…………………。

え、何？

「…………」

え、え？　何ですかこれ？　多田羅さん。

「時間」

はい？

「時間を……結晶化したやつ」

2

時間って、あの？

「どの？」

タイムの方の時間？

「どのタイム？」

タイムにどれも何もないでしょ！

「あるんだよな、それが」

これなんの生き物だかわかる人います？　識者の人……。

「識者いるの？　インターネットに」

願わくばいてほしいですね。えーと……〈初めて見た〉〈猫じゃないのはわかった〉〈識者じやなくてごめんね……〉あ、いえいえ！　気にしないでください！

「やっぱダメだなインターネット」

こら！　そういうこと言わない！

「なんで。はっきり言った方がいいよ」

〈なるほど宇宙の次は時間か〉〈時間ってこういう形してたんだ〉ねえリスナーさんの方が私より順応してるんですけど。なんで？

「理解が早くていいんじゃない」

えーと……少なくとも、足っぽいものはついてますね、細長い棒状のパーツが何本か。それを動かして、前後に進んだり戻ったり……。

「この動き何なんだろうな」

多田羅さんもわかってないんですか？

「わかってない」

そんなことあります？

ていうか足以外の部分どうなってるの？　どっちが頭でどっちが尻尾？　棒が組み合わさってできてて、全体的に透明で、ほんのり薄ピンクとか、薄紫とか、角度で色が変わりますね。すーごい微妙っていうか、繊細な色で、これカメラでちゃんと撮《と》れてるのかな。

ねえ多田羅さん、どういう動物なんですかこれ。

「だから動物じゃないって言っただろ、何回も」

それは何回も聞きましたけど、でも。

「逆に訊くけど動物に見えるの、これ?」

見え……ないですね。

「だろ」

強《し》いて言うなら……割《わ》り箸鉄砲《ばしてっぽう》の超すごいやつ、みたいな。

「君の方がおばあちゃんみたいな喩《たと》えするじゃん」

小学校とかで作りませんでした? 昔の遊びを体験してみようみたいなやつで。

「あー、そういうのあんのね」

〈なつかし〉〈なっつ〉〈確かにちょっと似てるかも〉あ、ほら! やっぱり! ね、ありましたよね。作った作った。

「へー。今度教えてよ」

え、教えますけど。思い出せるかな……。

あのー、リスナーの皆さん、何か訊きたいことありますか? 時間……らしいです、この子。〈どこから出てきたの?〉って言われてますね。また《インターネット3》ですか?

「うん」

やっぱり。まあそうだろうとは思いました。

〈3って何〉〈インターネット興味ないんじゃなかったの?〉あ、初見の方はそう思いますよね。多田羅さんが見てる《インターネット3》って、私たちが普段見てるインターネットとは違うやつみたいで。私も今ひとつよくわかってないんですけど。解説してくれます？

「超越的な知性が通信手段として使ってる超高次元の粒子《りゅうし》間ネットワーク」

はいありがとうございます。わかりました皆さん？

〈は？〉〈は？〉って言ってますよみんな。〈それすごいやつなんじゃ？〉〈超越的な知性って何？　神？〉だって。

「さあ。神だか異星人だか異次元人だか、そうじゃなければ人間からそう見えるだけの自然現象か」

そのネットワークをいっつも見てるんですよね、多田羅さん。

「かなり強引なやり方だけど、まあそう。たとえるなら、ネットの回線のそばで流れてくる情報を覗き見して、むりやり私に理解できる形にデコードしてるようなもんだから」

この前の宇宙みたいに、これもやり方流れてきたんですか？

「フフフ。そう。組んだら動いちゃった」

またデュフデュフいって……。

「そんな笑い方してないだろ」

してますー。自分でアーカイブ見てみてくださーい。どうせ見ないでしょうけど。

〈この前の宇宙ってなに〉えっとですねー、前回の配信で多田羅さん、宇宙をマグカップに汲《く》んで、私それ飲んだんですよ。それも《インターネット3》からレシピをパクってきたらしいんですけど。よかったら皆さんも、アーカイブ見てみてくださーい。

あ、こっち来た……嚙《か》んだりします、この子？

「大丈夫じゃない？　少なくとも私は嚙まれてない」

危ない生き物なら多田羅さん止めてくれてるはずってさっき言ったんですけど、怪しくなってきましたね。そういえばこの人、私が宇宙飲んだときも止めませんでしたもんね。効能わかんないのに。

「いちおう止めたろ……」

変な目で見てるだけだったじゃないですか。

何してるんだろこの子。私の足の周りうろうろしてますね。

〈におい嗅いでる？〉そう見えなくもないですけど。鼻とかあるのかな。

なーにー？　どうしたのー？　時間ちゃん。

〈草〉〈距離感近〉〈その呼び方でいいのか〉えーだって、なんか名前ないと不便じゃないですか。とりあえず時間ちゃんカッコカリで。

あ、手を近付けたら寄ってきますね……。

触《さわ》れちゃった。

〈どんな感触？〉〈近付くとガラスっぽく見える〉

ですよね、私もカチカチかと思ったんですけど、そうでもないです。なんだろ、琥珀糖《こはくとう》っぽいかも。琥珀糖、伝わりますかね。外側が固まってシャリシャリになった寒天《かんてん》のお菓子ですけど。

〈なついてる？〉え、なつくとかあるのかな。表情、というか顔らしきものがないからどういう感情なのか読めないですね。

〈初見です、これＡＲですか？　きれいですね〉初見さんいらっしゃーい。ＡＲってなんでしたっけ？

「オーグメンテッドリアリティ」

その心は。

「拡張現実」

あー、はいはいはい、カメラで撮った映像にリアルタイムでなんかするやつですね。理解しました。そう見えますよねー、違うんですよ。実際にこういうのが動いてます、目の前で。これ何かって言うと、時間、だそうです。時間を……どうしたんでしたっけ？

「結晶化って言ったっけ？　いや雑な表現したな、撤回」

〈これ多田羅さんが作ったの？〉そうだそうだ、あの、説明してもらえません？　そもそもこの子が時間って、どういうことなんですか？

「ん？　んー……」

あからさまに面倒そうにしないでください。

「実際面倒なんだよな。時間について話すのって創作論みたいなとこあるからさ」

どういうことですか？

「ほら、時間って創作物じゃん」

ん？　はい。ん？

「そもそも、時間って存在するのかって話があって」

え？　どう考えても存在しますよね、だってこうしている間にも一秒一秒が過ぎ去っていくわけじゃないですか。

「それはそう思ってるだけかもしれない。まず一口《ひとくち》に時間って言っても種類があるんだけど、AとかBとかCとか――」

血液型みたいですね。

「まあなんか、あるんだよそういうのが。とにかく時間ってのは構成要素でいろいろ分類できて、それは人間の知覚によって作られるのね」

知覚って、視覚とか聴覚とかの？

「そう、それと同じように、人間には時間感覚がある。学校の授業が終わるまであと何分くらいだなとか、荷物が届くのは三日後だなとか」

それは……当たり前のような気がしますけど。

「全然、当たり前じゃない。たとえば、犬には〝三日後〟という概念が理解できると思うか？」

うーん……？

「食べ物に向かって飛んでるハエは、〝あと何秒くらいで目的地に到着しそう〟とか考えてると思う？」

そんな気はしないですね。つまり、時間が理解できるのは人間しかいないって意味ですか？

「それどころか逆に、人間に時間感覚があるから時間が存在するとも言える」

ええ？　そんなことあります？

「人間が時間感覚を手に入れたのは農耕の開始がきっかけと言う人もいる。作物を育てるのに季節や日数のカウントが必要になったからという理屈だ。それは疑わしいと私は思うけどね。農耕以前の狩猟採集段階でも、季節のサイクルや、月や太陽の動きを元に、ある程度の時間の観念が生まれていたと考えるのが自然だろう」

〈人間以外でも、頭のいい動物ならわかるんじゃない？〉あ、そうか！　イルカとか頭いいですもんね。

「知能……この場合は抽象概念の理解能力と言い換えてもいいけど、知能の高低と時間感覚の有無は必ずしも連動しないんじゃないかな。重要なのは、その生き物が時間を知覚する必要に迫られているかどうかだ」

時間を知覚する必要って？

「たとえばイルカが潮の満ち引きを知覚していて、その周期を理解していれば、イルカなりの時間感覚が生まれてもおかしくはない。水族館で飼われててもそうかもね。毎日同じ時間に開園して、決まったタイミングで餌《えさ》がもらえたら、人間の活動サイクルに基づいた形の時間を認識しているかもしれない。ただそれでも、人間の決めた秒とか年とかいう単位はイルカにとってまったく意味を持たないだろう。イルカがそんな時間を意識する意味はないから」

ついていけてるか自信ないんですけど、それってつまり、人間に時間感覚があるのは、秒とか年とか、時間を刻む単位があるからってことになっちゃいません？

「合ってる合ってる」

ええ……？　〈逆じゃなくて？〉ね、そう思いますよね。時間感覚があるから単位が作られたんじゃないのかな。

「いまの君は一秒がどのくらいって感覚はわかるよね。でも、まだ小さいころ——あ、今よりもっと小さいころって意味だけど」

は？

「子供の君は、どこかの時点で一秒という概念を知ったわけだ。でもそれ以前には、君の世界には一秒という時間は存在しなかった」

それは、私が時間を計る物差しを持ってなかったってだけで、世界を流れる時間自体はあったんじゃないですか？

「お、区別できてるじゃん、いいぞ。そう、君のいま言った物差しも時間の一種。時間を認識する感覚そのものが時間でもあるってことよ」

今なんか褒《ほ》められました？

「うん」

よくわからない理由で褒められると困惑しますね。多田羅さんと話してるとたまにありますけど。

「気にしないでいいよ。今のは脱線」

ねえ～！　一生懸命聞いてたのに！

「そこのマーカー取って。ホワイトボード用のやつ」

え、これですか。はい。

〈なんだなんだ〉〈講義？〉〈急に学者っぽく見える〉何を書くのかな……ホワイトボードに……大きくバッテンを書きましたね。X《エックス》かな。

「このXが君の時間を表す」

砂時計的な意味ですか？

「ああ、そういう形にも見えるか……。いや、シンプルに座標の話。Xの二本の線の交わる点、いま君はここにいる。砂時計のくびれ部分ね」

落ちちゃうじゃないですか。

「落ちないよ。砂時計はただの形。Xの上の部分が君の未来、下の部分が君の過去を示してる」

そういうたとえ話だってことですね、ふんふん。Xの左右は何なんですか？

「非因果《ひいんが》的領域《てきりょういき》。君はXの外に広がるこの部分には絶対に干渉できない」

はい!?　急にわからんくなった……！

「平面にXで描いたけど、これ実際には3Dで、二つの円錐なんだ。これを光円錐《こうえんすい》と呼ぶ。上が未来光円錐、下が過去光円錐。未来と過去の向かい合った頂点に君がいるってこと」

わからん！！！！！！！！！！！

「うるっさ。いま順番に説明してっから。時間ちゃん（仮）が何なのか知りたいんだろ？」

知りたいですけども。

「君の時間と非因果的領域を、このXが隔《へだ》ててる。ここまではいいか？　じゃあこのXの、線の部分って何だと思う？」

線の部分？

「Xの形で書かれているのは、君の時間とそれ以外の部分を隔てている境界だ。この境界はいったい何だ？」

さっぱりわからないんですけど……。Xの線だからX線とかですか。

〈草〉〈安直すぎる〉うー、わかってますよ、だって見当つかないんだもん。

「そんなに外してないよ」

え？　ほんとですか？

「正解は光だ。X線も光だからね」

あー、そういう。

〈すごい〉〈やったじゃん〉〈頭いい〉ありがとうございます……って全然スッキリしないんですけど！　わかってて当てたわけじゃないですし！

「君が知覚する世界には限界がある。その限界は光の速度によって決まる。光の速度は不変なので、この壁は絶対に越えられない。その向こうは認識できないし、関わることもできない。非因果的領域というのはそういう意味」

これ時間ちゃん（仮）と関係ある話なんですよね？　また脱線してません？

「関係あるある。この子の身体、何でできてると思う？」

ん……？　えーと……話の流れから察するに、光……とか？

「そう！　いいぞ。時間ちゃん（仮）のガワは光でできてる」

光ってこんなふうに固まるんですか？

「さっき結晶化とか言っちゃったけど、正確には固めてるわけじゃないんだよ。いま説明したXの線の部分、つまり光円錐の境界がそのまま見えちゃってると思ってもらってもいい。その向こうにある、時間ちゃん（仮）の内部は、君にとっての非因果的領域」

そのヒ……ヒインガテキ領域ってのはつまり、私から時間ちゃん（仮）の身体の中は見えないって意味で合ってます？

「合ってる。見えないし、いっさい干渉できない。さっき触ったときに私止めなかっただろ、あれは君がこの時間ちゃん（仮）に影響を受けないことを知ってたから」

でも、触ったとき感触ありましたよ。足音も聞こえてましたし。

「それは、君の世界と境界が接触したときに発生した、こちら側の反応だから。境界の向こう側には何も伝わらない」

つまり、この子の尖《とが》った角っちょとかに足の小指ぶつけたりしたらちゃんと痛い？

「痛いね。その場合、君の小指は世界の断面に衝突するわけだ。タンスの角なんかよりよっぽど強固で痛そうだね。しかしそれも、ごく普通の物理的な接触でしかない」

皆さんわかりました？　私はついていくのに精一杯です。馬で引きずられてる気分。

〈知恵熱出る〉〈眠くなってきた〉ですよねー。

「これ見て興味持たないんだ、やっぱダメだなインターネット」

でも最初に比べたら見てる人増えてますよ。いま三十人！　後から来てくれた人もいると思うのでおさらいしますね。えーといま映ってるこの子、時間ちゃん（仮）って呼んでますけど、光の境界で区切られた、動く時間なんだそうです。……で、合ってますよね？

「まあ合ってる」

〈さっぱりわからんけどなんかすごいものを見てるのはわかる〉〈完全に理解した〉〈うーん、わからん！　高評価！〉ありがとうございまーす。もうちょっと見ていってくださーい。

あれ、でも多田羅さん、このXが私の時間を表すとしたら、他の人の時間はどこにあるんですか？　多田羅さんの時間は？

「私の時間は……ここ」

私のXの隣にもう一つXが描かれましたね。じゃあ、人の数だけXがある？

「そうそう。こんな感じに……」

わ、Xだらけになっちゃった。

あ、質問来てます。〈XとXがぶつかったらどうなるの？〉ですって。

「ぶつからない。これあくまで模式図だからね、図の上では隣にあるから線と線が交わりそうに見えるけど、実際には他の光円錐は、自分からは干渉できない非因果的領域にある。別の言葉で表すなら、君と私は同じ時間を共有することが絶対にない」

え、今こうして同じ時間を共有してるのに？

「そう思ってるだけ。君と私の間で情報をやりとりする一番早い方法は光だけど、私に跳ね返った光子が君の目に飛び込むまでのタイムラグがどうしても発生する。だから君と私は、実は〝今〟を共有してないんだ。私の〝今〟は常に、君の非因果的領域にある」

なんでそんな寂しいこと言うの？

「そんなこと言われてもな。苦情は物理法則に言ってくれ」

うーん……。

この子の内側にある時間も、私の時間じゃないんですよね？　私がそこに絶対触れられないってことは。

「違うね」

じゃあこれは誰の時間なんですか？　多田羅さんの？

「時間ちゃん（仮）を作ったときに生じた独自の

時間。つまり時間ちゃん（仮）本人の時間だ」

でもその時間を作ったのは多田羅さんですよね。

「そういうことになるね、結果的にだけど」

そんなことできるんですか？　自分で時間作れたら最強じゃないですか。

〈一日の長さ二倍にしたりできるってこと？〉〈マジで⁉〉〈やりたい放題じゃん〉そう思いますよね！　どうなんですか、多田羅さん。

「他人と比べた自分の時間を伸ばすなら誰でもできるよ」

ほんとに？　〈どうやるんですか⁉〉ほら、みんな訊いてますよ。

「速く動けばいい」

どのくらいですか？

「車に乗ってるだけでも何百億分の一秒とかのレベルで時間の流れが遅くなる。光速に近付くほど効果が大きい」

なんか……あんまり現実的じゃなさそうですね。他にはないんですか。

「超でかい物体のそばに近付く」

超でかい物体って何？

「たとえば星とか。今もただこうやって地球上にいるだけで、惑星の重力で時間の進みが遅くなってる。百億分の七秒だったかな。山に登って重力源から遠ざかると、時間の進みが速くなって、麓《ふもと》にいる人より早く歳を取る。重力が強いほど時間の進みが遅くなるから、手近なところだと太陽とか行ってみるといいんじゃない」

〈草〉〈行けるか！〉〈登山が趣味の俺ショック〉〈ただの相対性理論じゃねーか〉あっ、そうなんですか？　相対性理論ってこれ？

「最初からずっとその話をしてる。時間の進み方が人によって違うっていうのが相対性理論」

時間ってそんなに不安定なんですか。

「不安定どころか、そもそもミクロのレベルだと、時間ってどこにもないからね」

ない？

「ない。過去も現在も未来も、原子のスケールまで降りていくとなくなってしまう」

そんなことあり得るのかな。

「だいたいのものは原子レベルには存在しないんだよ。時間だけじゃなくてたとえば色、熱、生命活動……。色は光の波長を、視覚を持つ生き物の神経系が勝手にラベリングしてるだけだし、熱は原子の運動エネルギーが物質を振動させた結果生じるものだ。それぞれの原子には色もついてないし、温度もない。私たちだってクローズアップしたらスカスカの原子の雲だ」

えー、でも……現実にはありますよね、時間。

「そこで最初に言ったことに戻ってくる。そもそも時間なんて存在するのかって話。原子レベルではどこにもないはずの時間が、人間の生活のスケールになると、なぜか存在するように思える」

ですよね？

「ミクロからマクロにスケールアップする途中の、どこかの段階で時間が登場してくる……面白いと思わない？　君は何が時間を生み出してると思う？」

う〜〜〜ん……人間ですか？

「その心は？」

多田羅さんさっき言ってませんでした？　時間は人間の知覚によって作られるとかなんとか。

「ちゃんと聞いてるじゃん、そういうことよ。人間には味覚があるから料理が発達した。視覚があるから絵画や映画なんかの視覚的文化が発達した。同じように時間感覚があるから時間が発達した。そう考えるとそれほどおかしい話でもない」

でも、料理や映画と時間じゃレベルが違うと思いますよ。そんな簡単に作れますか、時間なんて。

「まず私が中を絶対に観測できない箱を用意する。その中で光子を発生させる。すると自動的に光円錐が生じるから、その内側に時間ができる。時間そのものを操作しようとすると大変だけど、光子は簡単に作れるからさ。しばらくして箱を開けたらそいつが出てきた」

ふーん。生き物みたいに勝手に動いてるのはどういう理屈なんですか？

「わからん。作ったら動いた。そういうジャンルなのかもな」

ジャンル？

「生命っていうジャンル。創作物である以上、作者によって時間もいろんな形を取り得るのかも。違う形態の時間も組めるのかもしれないけど、私が見つけたレシピは今んとこれだけ」

あ、質問来てますね。〈観測者なしで光円錐ってできるの？〉だって。意味わかります？

「そこは私も疑問だったけど、結果としてはできたね。逆に光円錐なしの光子が存在し得るのかと考えた方がいいのかもしれない」

お、おお？

「時空の全方向に対して光子が描く軌跡が光円錐だから、光子の発生した時空上の一点、つまりその事象そのものが観測者として働くのかも――」

ねー、私の頭越しにリスナーさんと会話するのやめてほしいんですけど。

「君がコメント読んだんじゃん」

そうですけど。まず私と会話してください。

「はいはい」

〈ヤキモチ焼いてる〉〈かわいい〉は？　違いますけど？〈リスナーに嫉妬《しっと》してて草〉違いますけど？？？

「インターネットとケンカするんじゃないよ。この世で最も無益な行為だよ」

多田羅さん何かインターネットに恨みでもあるんですか？

「別に。君がインターネット見てるの、いつも無駄だなあと思ってるだけ」

ケンカ売ってます？

「ははは」

はははじゃないんですよ。〈名前そのままでいいの？〉あ、そうですね。名前付けてあげません？　いつまでも（仮）だとかわいそう。なんかかわいく見えてきちゃった。

「名前ねえ。ポチでもタマでもいいけど」

やっぱりセンスがおばあちゃんなんですよね……。

「あ？」

〈私もおばあちゃんかもしれん〉あ、そんなそんな。いいんですよおばあちゃんでも、私おばあちゃんっ子ですし。

「そういう問題かよ」

〈さくらちゃんならなんて名前つけるの〉うーん、そうですねえ。外見から連想すると……。

「君、さくらちゃんなんて呼ばせてるの？　インターネットに？」

なっ……、本名なんだからしょうがないじゃないですか！

〈本名だったの⁉〉〈これ大丈夫？〉や、まあ、顔出しで配信してる時点で開き直ってますんで。大丈夫大丈夫。

「危《あや》ういねえさくらちゃん」

二度とその呼び方しないでください。あ、リスナーさんはいいんですよ。お好きに呼んでくださって。

〈なんか気が引けるな〉〈距離感間違ったかもしれない〉〈さん付けしたほうがいい？〉あれえ？　ちょっとちょっと。〈馴《な》れ馴《な》れしくしてごめんね〉〈オタクはすぐ距離感間違う〉〈すみませんでした、とときさん〉ねえ！　こんな一斉に引かれることあります⁉

「遊ばれてんねえ」

遊ばれてるんですかこれ？　まあ、いいですよ、ほんと、お好きに呼んでもらっていいので……あ、そうだ、名前だ！　時間ちゃん（仮）の名前。また忘れるところだった。やっぱりこういうの外見から考えた方がいいと思うんですよね。

〈琥珀糖ちゃん〉〈プリズムちゃん〉綺麗！　いいなー、素敵。でもちょっと綺麗すぎる気もしますね。〈マッチ棒パズル〉〈マッチくん〉〈パズルちゃん〉なるほどなるほど。

「ハルキゲニアの旧復元っぽさもあるな」

なんでしたっけそれ。

「カンブリア紀の生き物」

ハルキくん。ハルちゃん。なしじゃないですね。あとは……、動き方が特徴的ですよね。前に行ったり後ろに行ったり、不思議なリズムで行ったり来たりしてる。あ！　これってオシツオサレツっぽくないですか？

「なにそれ」

『ドリトル先生』の本に出てくるんですよ。尻尾がなくて前後どっちも頭になってる鹿みたいな動物。あれ好きだったなあ。

「へー」

でも長いですよね。略しても言いにくそうだし。

そうだなあ。時間つながりで考えると……あの、バンダースナッチって時間の生き物じゃなかったですか？

「それもドリトル先生？」

ううん、『鏡の国のアリス』。

「あー、知ってる。読んでないけど」

読んでないのになんで？

「物理学者の本、たとえ話に『鏡の国のアリス』使いがちなんだよな。バンダーなんとかは出てきたかどうか覚えてないけど」

バンダースナッチは架空の獣《けもの》なんですけど、めちゃくちゃ速く走るんですよ。バンダースナッチをつなぎ止めるより時間を止める方がまだ簡単、みたいなこと書かれてた記憶があります。

「へー」

時間の動物だからバンダースナッチ、略してバンちゃん！　これよくないですか？　呼びやすいし。

「君がいいならいいんじゃない」

もっと真面目に考えてくださいよ。〈呼びやすくていいと思う〉〈バンちゃんかわいい〉いいですよね！〈バンダースナッチって猛獣みたいな扱いじゃなかった？〉〈つなぎ止められない獣、シンプルに怖い〉そこはまあ、意外性？　ギャップ？　ってことで。

バンちゃーん。おいでー。こっちこっち。そうそう、いい子だねー。

「え？　行くじゃん。なんで？」

バンちゃん触り心地いいんですよ。多田羅さん撫《な》でてみました？

「いや……？」

〈意外と人なつっこい〉〈言うこと聞くんだ〉〈声聞こえてる？〉ね、見かけによらないですよね。どこが耳なのかな。〈躊躇《ちゅうちょ》なく触るのすご〉私あんまり抵抗ないんですよね、生き物触るの。あ、生き物じゃないんでしたっけ。

どうしたんですか多田羅さん、そんな顔して。

「わけがわからん。なんでこいつ君のこと認識してんの」

なんでって。呼びかけたからじゃないですか、私が。

「いやおかしいだろ。だってこいつ――」

こいつじゃないでしょ。ちゃんと名前呼んでください。

「……バンちゃん」

〈言うこと聞くんだ〉そうそう、素直な一面もあるんですよ。

「うるせえな。バンちゃんだかカンちゃんだか知らねえけど、君の声が届くわけないんだよ。さっき言ったとおり、バンちゃんの内側とは光円錐の境界で隔てられてる。何言っても境界のあっち側には通らないはずだ」

誰ですかカンちゃんって。でも、絶対私がいるってわかってますよ、この動き。ほらほら。

「確かにそう見えるが…………」

多田羅さん？

「……………………なんか考え込んじゃいましたね。ほっときましょう。」

3

バンちゃーん。見えてるのかな。相変わらず行ったり来たりしてますけど。せめてどこが目とか、どこが鼻とかわかればいいのにな。

〈描いてみたら?〉描くって、何をですか? あ、目を? マーカーありますもんね。……え、でもそんなことしていいの? 〈ホワイトボードマーカーなら消せるし〉そういう問題ですかね? うーん。

じゃ、バンちゃーん、これどう? 嫌? 嫌じゃない? そっかそっか。そしたら、ちょっとだけじっとしててね、あ、あ、ねえー、動かないでって言ったのに。

ほらーズレちゃったじゃん。じっとしてるわけないか、バンダースナッチだもんね。わかった、いいよ好きにしてて。私も一緒に動くから。

よし……。

あ、待って待って、もうちょっと――

「うわっ何やってんの君⁉ 這《は》いつくばって――」

じっとしててください！　あ、今のはバンちゃんじゃなくて多田羅さんに言いました。

「……顔描いたの？　君さあ」

どう思います？　ちょっと失敗しちゃいましたけど。

「心霊写真みたいだな」

いい意味で、ですよね。

「どこをどう聞いて褒め言葉だと思った？」

リスナーの皆さんはわかってくれますよね？〈笑顔を描こうとしたのはわかる〉〈線が震えすぎてる〉〈シミュラクラ現象？〉〈廃墟の壁に描かれてたら泣く〉〈ホラーに出てくるタイプの子供の絵〉〈こわい〉……。

ふん。いいんですよ。芸術家は理解されないって言いますし。〈描き直したら？〉それはなんか悔《くや》しいっていうか。いっそ普通のマジックで描いちゃえばよかったな。

「てかそもそもよく描けたな。インクの粒子が表面に定着するとは思えないんだが」

そういえばちょっと描きにくかったですね。あ、だからうまく顔描けなかったんだ！

「違うんじゃねえかな」

〈初見です、これなんの配信？〉初見さんいらっしゃーい。この子はですね、光で囲われた時間で、バンちゃんって言います。今は顔描いたところでーす。この説明でわかります？〈完全に理解した〉よかったー。

「ぜってえ嘘だろ」

今は四十五人見てくれてますね、ありがとうございまーす。よしよし、いい感じ……ん？

「なに？」

なんかしちょうさ……視聴者数の表示おかしい。四十五の後に、〈＋ぬ〉ってあるんですけど。

「ぬ？」

ぬ。

〈ほんとだ〉〈こんなんあったっけ？〉〈リロードしたけど変わらないな〉うーん？　バグってるのかな。

「指数表示が化けてるとかじゃないの」

エクセルのやつですか？　あれだとE＋数字じゃないですか。

「詳しいね」

仕事で使ってるんで。でも、もしそうだとしたらすごい大きい数字になっちゃいますよ。そりゃ目標は大きく設定したいですけど、いきなりそんなに桁《けた》が増えるとは思えないから……。

〈前もそんなことなかったっけ？〉ん？　前っていつですか？　前回のことかな。

「いつも何も、前回しかねえだろ」

でも前回こんな表示されてませんでしたよ……あ！　あれかな、終盤になんか、あの、数字には出なかったけど……なんか……ほら！　あれ、なんでしたっけ、多田羅さん。

「…………」

多田羅さん？

「未知の巨大なリスナーのクラスタがあるって言ってた、あれのことか」

それそれ！　それです。なんでいま黙って私のこと見てたんですか？

「よく動くなと思って感心してた。いつもながら身振り手振り大きいね君」

ふん。どうせ子供っぽいって言いたいんでしょうけど、多田羅さんだって人のこと言えないですからね。

「最近あんまり動かないようにしてる」

無理しない方がいいですよ。かわいいから。

「うるせえ」

〈かわいい〉〈照れてる笑〉〈かわいいからもっと動いて〉ほらほら。〈死ぬほど嫌な顔してて草〉

「もう出てってくれる？」

この〈＋ぬ〉、あの正体不明のリスナーさんだったりしませんかね。だったらいいな、前回で興味持ってくれたってことになるから。

お～～い。見てる～～～？　見てたら気軽にコメントしてってくださいね～～。ほら多田羅さんも手振ってください。

「やだよ」

なに遠慮してるんですか。相手はインターネットじゃないですよ。多田羅さんのだ～い好きな《インターネット３》かもしれませんよ。

「やめろ……恥ずかしくなってきた」

〈何の話？　前回見てないからわからん〉あ、そうですよね、ごめんなさい。前回私、宇宙飲んでみたんですよ。そしたら宇宙と一体化して、いろいろわかりを得たんですけど、そのときすっごい遠いところにいるなんか大きいのに繋がって、で向こうもこっちに気付いてたんですね。その人たちも……人じゃないかもしれないですけど、また見てくれてたら嬉しいなって、そういう話です。

〈とんでもないこと言ってる〉〈この配信何？　こわ……〉怖くないです！　大丈夫ですから。ほら、かわいい生き物もいる、無害なチャンネルです。

〈かわいい……？〉〈心霊写真みたいな顔した化け物じゃん〉なんてこと言うんですか！　バンちゃんこんなにかわいいのに！　〈そのかわいい生き物いま何やってるの？〉なんかずっと動いてますね、前後に……。

〈ペットチャンネルだったのか〉それ！　それです。ほらー、やっぱね、配信者といえばペットですよ。そもそも今日はそれを目論《もくろ》んでたんでした。みんなかわいいペット好きですし。ね、多田羅さん。

「私が動物拾ったと思い込んでアクセス数稼《かせ》ごうとしたの？　浅はかすぎる」

正直に言うとそういう色気がなきにしもあらずでした。大変申し訳ございませんでした。

〈草〉〈謝れてえらい〉あっ、ありがとうございます。へへへ。

「インターネットに甘やかされてんじゃないよ」

でも、ペットチャンネルにしてもこのままだと発展性がないですよね。何すればペットチャンネルっぽくなると思います？

〈あんま見ないからわからん〉〈ペット用のグッズのレビューとか〉〈ペットと子供が遊んでるのが一番受けるらしい〉へえー！　奥が深いですね。何するにしても、もう少し意思疎通《いしそつう》を図りたいところです。バンちゃん、おいでおいで。そうそう、いい子だねー。

「呼んだら来る時点でおかしいんだよな……どうなってんだこれ」

ちゃんと目を見て話しかければ気持ちは通じるんですよ。ねー、バンちゃん。

「どこだよ目」

ここです、ここ。さっき私が描いたので。

〈混沌《こんとん》に目鼻つけた話みたい〉〈あの話だと死んじゃっただろ〉ん？　ちょっとよくわかりませんけど。多田羅さん、時間って何食べるんですか？

「は？」

飼うならごはん必要ですよね。

「飼う気かよ」

そりゃそうですよ。こんな小さい子むりやり家に連れ込んだんだからちゃんと面倒見ないと。

〈言い方〉〈二人はどっちがどっちを家に連れ込んだの？〉

「なんてこと訊くんだ」

ふっ。どっちだったか憶《おぼ》えてます？

「知らない」

ふーん。

「あと時間は飯《めし》食わないと思うよ」

じゃあこうやって動くためのエネルギーはどこから来てるんですかね。リスナーの皆さんどう思います？

〈いきなりこっちに振るな〉〈見当も付かない〉〈ネゲントロピー食ってエントロピー吐くとか？〉

「ネゲントロピーとか久々に聞いたな。そもそもエントロピー自体、人間の視点からの見かけの変化だから、時間を出たり入ったりするものじゃない……」

ねえまた私の頭越しに話してる！

「はいはい、時間が経過すると物事がとっ散らかるのを指してエントロピーが増大するって表現するんだが時間が存在しないならエントロピーの増減も実は存在しない見せかけってこと」

なんて？

めんどくさいからって早口で言わないでください。ひどいよねバンちゃん。

おーよしよし、いい子いい子。

君はやさしいねー。この女の言うこと聞かなくていいからねー。元から私以外の言葉聞いてないっぽいけど、なんですかね、やっぱり人徳の差――

「あっ……わかった！！！！！！！！！！！！」

うわっびっくりした。なんですかいきなり。

「わかったかもしんない。え、そんなことあるのか？」

〈くそびびった〉〈鼓膜《こまく》ないなった〉〈なんつう声だよ〉ごめんなさい皆さん、この人たまにめちゃめちゃ声でかくなるんで。

音量注意って顔に書いておきましょうか。ちょっとしゃがんでください、多田羅さん。

「やめろ。いや、君とんでもないことしたな」

はい？　濡《ぬ》れ衣《ぎぬ》だったらノーサンキューですけど。何かわかったなら、どうぞお続けになって。

「裏表逆だったんだ、この時間」

ん？　バンちゃんのこと言ってます？

「バンちゃんさ、光円錐の境界に囲まれた非因果的領域だって言ったろ。だから君がその中の時間に影響与えられるはずないって」

何回も言ってましたね。やっぱり間違ってたんですか。

「いや、それは間違ってない。君は境界の向こうに何も影響を与えてない」

じゃあ呼んだら来るのはなんで？

「境界のこっち側に作用してるんだ。考えてみたら当たり前の話だった。君の言葉に反応してるのは、境界の向こうにある非因果的領域じゃなくて、光円錐のこっち側の時間だ」

えーと、ちょっと待ってくださいね。内と外がごっちゃに……。つまり、バンちゃんの中じゃなくて……バンちゃんの周りの時間が私に反応してるってことですか？

「そう、生き物みたいに見えるから私もうっかり勘違いしてた。境界の中の時間が外骨格の中の筋肉みたいにバンちゃんを動かしてるわけではなく、君を取り巻く君自身の時間が、呼びかけに呼応して、それに従って境界面が移動してることになる」

あ、だから裏表が逆？

「そう、君は最初からバンちゃんの中にいるんだ。君が今いる、この時間そのものがバンちゃんなんだ」

なるほど……？　そうなのバンちゃん？

小刻みに前後に揺れてますけど。これ肯定なのかな。

ん？　あれ、待って。バンちゃんの正体が私の時間ってことは、つまり、多田羅さんは私の時間を作ったってことになりますよね。

「作ったというか――」

少なくとも影響？　干渉？　したのは間違いないですよね？

「多分な」

ということはその瞬間、多田羅さんは私の時間を共有していたってことになりますよね。おかしくないですか？　だってさっき、他人と同じ時間は共有できない、できてると思ってるのは錯覚だとか言ってたじゃないですか。

「……おかしい、な」

私のXと多田羅さんのX、重なって一緒になったのがバンちゃんってことになりません？

「一緒にというか――」

少なくとも一部重なってはいますよね。そういうことって本当に起こり得ないんですか？

「………………」

〈困ってる〉〈ぐいぐい行くじゃん〉ふふん、まあね、こういう機会なかなかないので。

で、どうなんですか？　多田羅さん。

「……起こり得なくもない。たとえばブラックホール内の量子崩壊領域では、異なる時間同士が量子重ね合わせ状態にある」

やっぱり起こるんだ！　訊いてみるもんですね。

「嬉しそうだね君」

だって寂しいじゃないですか、同じ時間を共有できないなんて。その、重ね合わせ状態？になったらどうなるんですか？

「爆発するけど」

え、やだ。

「やだっつってもな」

やですよ。え、なんで爆発？　うそ。せっかく重なったのに。

「ブラックホールの場合の話だよ。ここブラックホールじゃねえだろ」

ほんとに？　知らないうちにブラックホールに飲み込まれてるとかない？

「そんなことになってたら二人ともめちゃくちゃ伸びてるよ、縦に」

〈人生でそんな心配する羽目《はめ》になることあるんだ〉だって多田羅さんと一緒だと何が起こるかわからないんですもん。

まあ、爆発しないならいいです。焦《あせ》ったぁ。

ていうか、なんか私がとんでもないことしたとか言ってましたけど、一個いい？　それ私のせいじゃなくない？　元はといえば多田羅さんのせいじゃないですか。

「私は作っただけだし」

製造物責任法ってのがあるんですよ、知ってます？

「いや、てか、私が作った時間を君が奪ったんだよ」

は？　まったく心当たりないんですが。どうやったらそんなことできるんですか。

「わからん」

わからんまま人にそんな疑いを？

「マジでわかんねえんだよな。なんで？」

いや私に訊かれても。私がやったのって、こっちおいでって呼んでみたとか、名前つけたとか……そのくらいだと思いますけど、それで時間って奪えるものですか？　所有権主張できます？

「ねえな」

ですよね？　そしたら…………ん？

「ん？」

……あー、なるほどねー。もしかして……そういうことだったんですね。

「なにが」

わかっちゃった気がします。

「ほーん？　言ってみなよ」

いいんですか？　ふふふ。

「気持ち悪《わる》。早く言えよ」

いいでしょう。あのですね、私が後からバンちゃんを奪ったとか、やっぱりちょっとあり得ないと思うんですよ。だってそんなことできないもん。多田羅さんもほんとはそう思うでしょ？

「まあな」

ということは！　バンちゃんは最初から私の時間だったってことですよ！

「最初から？」

そうです。多田羅さんが作ったときから。さっき言ってましたよね、バンちゃんのこと、誰にも見られてない箱の中で作ったとか。光子から作ったんでしたっけ？　見てる人いないのにできるのかわからなかったけど、やってみたらできたとか。

「観測者の話な」

〈え、すご〉〈理解してんじゃん〉ふふん。馬鹿にしないでください、これでも真面目に話聞いてるんですよ。それでですね、その観測者？　がいないと光円錐？　ができないんだとしたら、観測者はいたってことですよ。

「誰？　君？」

「私じゃないです。多田羅さんですよ。箱の中は見えてなくても、光子が出るのがわかってたら、実質見てるようなもんじゃないですか」

「……筋は通ってるな。光子の生成のタイミングをランダムにしたりとかいろいろ対策はしたんだが、そういうのは無駄で、時間を作り出そうという私の行動そのものが観測として働いたという可能性はある。でもだからって、そうやって生まれた時間がなんで君の時間になるんだ」

それは……わかってるんじゃないですか？

「なにニヤニヤしてんの？　全然わからんが」

時間作りながら私のこと考えてたからでしょ。だってほら、多田羅さんにとって私は光だから……。

「すーげえ自惚《うぬぼ》れ。眩《まぶ》しすぎて目が潰《つぶ》れそう」

違うの？

「何かと思って聞いてたら……あほらし。んなわきゃねえだろ」

えー、つまーんない。そういうことにしときましょうよ。

「なに言ってんだか……」

《ごめｗｗｗｗｗｗそれウチだわｗｗｗｗｗｗｗｗｗｗｗｗ》

あ？

「え？」

《貴様！　翻訳ラま∠いっていまず仂？　仆がときときチャソネ儿に同期レていたゐてときときゐ吋が生成されまレた（しなさい）》

「なんだこれ？」

え、これどっから聞こえてます？

《初見です　記念カキコ》

しょ、初見さんいらっしゃい。どなたですか？

……………………。

「……………………」

あれ？　静かになっちゃった。何だったんだろ。

〈今の何⁉〉〈ハッキング？〉〈びびった誰だ今の〉いや私もわからないんですけど……〈親バレ来たな〉ちょっと知らない親ですね。なんだったんだろ、怖ぁ。

〈＋ぬ消えてる〉あ、ほんとだ！　気付きませんでした。

え、てことは、もしかして……今の、＋ぬさん？

「マジかよ」

え、え、すごい！　ねえ多田羅さん！　見ててくれてたんですよ、前回のリスナーさんが！

《インターネット3》の！

「マジかよ」

わー嬉しいな。コメントありがとうございます、＋ぬさん！　まだ聞いてるかわかりませんけど！

「すげえな君」

なんて言ってましたっけ？　よく意味が取れない部分があって。

「君のチャンネルに同期してたからどうこう言ってたな。ってことは、つまり……」

つまり？

「推測だけど……この未知のリスナー、こっちを見てて……私が時間を生成しようとしたとき、光子の生成を観測してたってことかも。そのときに君のチャンネルに同期してた？　せいで君の時間が生成された、と……そういう意味のことを言ってたような気がするな」

だそうです。わかりました皆さん？

〈完全に理解した〉さすがですね。すごいなー。ほんとに？

ん？　なんか皆さん騒いでますね。

〈外見て！〉〈空！〉〈窓開けて！〉なになになに？　え？　窓開ければいいんですか？　ちょっと待ってください……。

よっと。はい、ガラガラ。外に何が……、

……え。

「うわっ」

そ、空にバンちゃんの顔が浮かんでる……⁉

「すげえな、大空クソデカ心霊写真じゃん」

なんで⁉　バンちゃんの表面に描いただけなのに……だってほら、今もそこにいるし！

「わからんけど、もしかして表と裏が繋がってるのかもなバンちゃん。こう、ループしてて……あのへんまでが君の時間ってわけだ、視覚的に個人の時間の範囲がわかるの面白いな」

これ面白がっていいんですか？　ねえ皆さんどう思……え、なになに。

〈窓の外あんま映すな〉〈ひやひやするからやめて〉〈家バレするから映すな！〉〈空の顔までの距離で住んでる地域バレる〉……あ、しまった！　ヤバいヤバい、ごめんなさい！　配信切ります！　アーカイブ一旦非公開にしてまずかったら編集、〈いいからはよ切れ〉はい‼　ありがとうございました、また見てくださいね！　ばいばーい‼　多田羅さんも！

「あ？　はいはい、ばいば――」


【※配信は終了しました】

＃3　【家の外なくしてみた】

3【家の外なくしてみた】

1

はいどーも皆さんこんにちは、《ときときチャンネル》のー、十時《とと き》さくらですっ！　今日もみんなのハートをトキトキさせちゃうぞっ！

……………………。

ごめん忘れてください。忘れて。

いや……！　ほら、配信の最初に何か決まった挨拶あった方がいいのかなって話してたじゃないですか。してたんですけど。

あ、こんにちは。こんにちはー。来てくれてありがとうございます！

〈トキトキさせてくれよ〉うるせー！　忘れろ！　忘れてください。〈トキトキしてきた〉勝手にしてろぉ！

あーやめときゃよかった。うるさいうるさい。次言ったらブロックしますからね。

〈理不尽すぎやろ〉理不尽な女なので、私。もうＮＧワードにしておこうかな……そしたら自分のチャンネル名も表示されなくなっちゃうか。うーん。

〈前回大丈夫だった？〉あ、はい！　大丈夫です。見返したら、ほぼほぼ空しか映ってなかったので。場所特定までは無理だろうと思ってアーカイブは公開にしました。

〈前回何かあったの？〉あ、初めての方ですね！　初見さんいらっしゃーい。あのー、うーんとですね、ちょっと私の不注意で、窓の外映しちゃったんですよ。それで家を特定されるんじゃないかって、慌《あわ》てて非公開にしたんですけど。はい。その節はほんとご心配おかけしました。

〈あんまり油断しない方が〉まあまあまあ、そうなんですけど。多田羅《たたら》さんにも相談したら、なんとかするから大丈夫だって言ってたので。

〈なんとかするって？〉理屈はよくわかんないですけど……多田羅さんが言うなら大丈夫なんだと思います。この後の話にもちょっと関係してるんですけど。

あ、初めましての方もいらっしゃるので、説明しときまーす。このチャンネルは私、ごく平凡な一般社会人の十時さくらが、同居人の天才科学者、多田羅未貴《みき》さんを突っついて、出てきた変なものを皆さんにお見せしようという、そういうコンセプトになっておりまーす。

〈社会人だったの？〉はいはいそうです、社会人ですよ。ちゃんと働いてます。未成年でもないですよ。このチャンネルで二人の生活費を稼《かせ》ぐというね、たいへん崇高《すうこう》な目的を……。

〈生活費稼げてる？〉〈スパチャ有効にしろ定期〉まだ収益化通ってないんですぅー。てかまだ全然収益化の基準に届いてないので。総再生時間も登録者数も。なので、ぜひチャンネル登録していってください！

あっ増えた！　やったーありがとうございます！　まずは登録者一〇〇〇人を目指してるので、ぜひ！　よろしくお願いします！

〈今日は何やるの？〉えっとですね、今日はちょっと違うことやってみようかと思ってます。あのー、いつも家の中だけで完結してるじゃないですか、私の配信。いつもって言ってもまだ二回しかやってないですけど。全然それでいいんですけどね、もともとそういうコンセプトですし。多田羅さんの発明とか見せてもらうなら、単に向こうの部屋に行けばいいだけですし。〈外出るってこと？〉はい！　そうなんですよ。外に出てみようかと。つまり、外ロケです！　や、カメラ買ったときからちょっと思ってたんですよね。高いお金払ってカメラ買って、家の中しか映さないのもったいないなって。外ロケが可能になればできることも増えますし、今回テストも兼ねてやってみたいなと。

おうおう、騒《さわ》いでおる騒いでおる。〈家バレするじゃん〉〈特定されるって〉〈やめた方がいいと思う〉ふふん、そう思うでしょ？　ところがですね、これが大丈夫なんですねー。そうそう。今から説明しますから。

前回の最後に、窓の外映しちゃったのがきっかけなんですよ。配信切ってから二人で録画確認して、あーよかった、特定されそうな要素ないから大丈夫そうってなってから、多田羅さんが言ったんですよ。カメラにリアルタイムで画像処理するスクランブラーみたいなの仕掛けておけば、同じようなことが起きても安心じゃないかって。

あ、多田羅さんというのは私の同居人で。ルームシェアしてる天才科学者っぽい人なんですけども。これ言いましたっけ？　まあいいや、そういう人なんですよ。生活能力はないんですけど。で、そのスクランブラーというのをカメラにもう取り付けてくれたんですね。もう。はい。既《すで》に。

私が持ってると皆さんに見えないから、鏡に映しますね。

ほら、これです。見えます？　これこれ。レンズの前に何か機械がくっついてるでしょ。これがあれば外を映しても自動的に画像処理してくれるから大丈夫なんだって。

〈背景にモザイク掛けるってこと？〉そういうやつだと思います。モザイクとは言ってなかったかな？　なんかややこしいこと話してました。これも例のあの、《インターネット3》とかいうところで知った技術なんですって。

あ、《インターネット3》ってのは……あのー……なんだっけ。

なんて言ってましたっけ？

〈知らないよｗｗｗ〉〈視聴者に訊くな〉憶《おぼ》えてないんですか？　二回も説明したのに。しょうがないなあ。あとで多田羅さんに説明してもらいましょう。

まあとにかく、このインターネットとは別のインターネットらしいです。

〈スクランブラー試してみたの？〉まだです。これが初。テストはしてあるから大丈夫だって多田羅さん言ってましたけど、さすがに一人でぶっつけはちょっと怖いので。多田羅さんの立ち会いのもと、慎重に、やっていきたいと、思いまーす。

〈よかった〉〈テストは大事〉でしょう？　慎重な女なので、私。

じゃあさっそく多田羅さんの部屋に行きましょー。移動しますよー。酔う人はちょっとのあいだ目をつぶっててくださいね。

はい、ガラガラ。リビングを通ってー、ここも毎回惜《お》しげもなく見せちゃってますよね。あんまり見ないでください恥ずかしいから。

〈今なんか動いてた〉〈ペットいる?〉あ、これですか? バンちゃんです。テーブルの上で前後に動いてますね。機嫌が良さそうです。

綺麗でしょ? 生き物っていうか、あの、時間なんですけど。最初顔を描いてたけど問題があったので消しちゃいました。詳しくは前回のアーカイブ見てみてくださーい。

では、改めて。リビングを挟んで反対側に多田羅さんの部屋があります。ノックしてみましょー。

コンコン。多田羅さーん! 開けてくださーい。今月の家賃払ってくださーい。いるんでしょ? 多田羅さーん?

返事がないな。居留守だな。ノックしたから開けちゃいましょう。

ガチャ。

多田羅さーんお邪魔しますよー。

「……何?」

何じゃないでしょ。配信するって言うとったやろがい! 話聞いてなかった?

「まあ聞いた」

じゃあちゃんと返事してくださーい。はい挨拶《あいさつ》。

「インターネットの人に？」

インターネットの人に。

「どうも」

ちゃんと言いな？　名前もね？

「こんにちはインターネットの人……多田羅です」

よし。ねえそろそろ配信者としての自覚持って？　挨拶は大事だよ？

「ああ……みんなをトキトキさせんの？」

なっ……見てんじゃねー！

「蹴《け》んなよ。見てねーよ。君の声がうるさいから聞こえてくんだよ」

じゃあ私が来るのも聞こえてましたよね。居留守《いるす》使わないでくれません？

「だって家賃取り立てに来たから」

え？　多田羅さん家賃払ったこと一回もないじゃないですか。

「なんでそんなこと言うの？」

あ……ごめん。

「いや謝るなよ……あと別に配信者じゃねえから私……」

もう配信者ですよ。諦《あきら》めてください。一蓮托生《いちれんたくしょう》でしょ。

「OKした記憶がないんだが」

ほら、リスナーさん沸《わ》いてますよ。〈キャー多田羅さーん〉〈多田羅さんすき〉〈この無愛想《ぶあいそ》なの癖になってきた〉ね？

「はあ」

てことでお待たせしました、改めて紹介しまーす。この背の高いもじゃもじゃ眼鏡が、私の同居人の多田羅未貴さんです。ではさっそく！《インターネット3》ってなんでしたっけ？

「超高次元の粒子《りゅうし》間ネットワーク。説明しなかったっけ？」

はいありがとうございます。そこから情報をパクってきてるんですよね。

「そうだけど。これ毎回言うの？」

自己紹介も挨拶もローカルルールも毎回言っていいんですよ。

「せめてどっかに書いときなよ」

それもそうですね。あとで概要欄《がいようらん》に書いときます。

あ、質問来てました。《〈インターネット3〉ってWeb3とは違うの？〉だそうですけど。

「ぜんぜん別物《べつもん》。Web3はブロックチェーン技術を使ったサービスを指す言葉。私が接続してる《インターネット3》はそういうんじゃないから」

だそうでーす。わかりました？

「で何の用、今日は」

外ロケしようかと思って。

「行ってらっしゃい」

一緒に行くんですよ、多田羅さんも。

「なんで？　いいよ私は」

昨日作ってくれたこれを試したいんですよ。

「スクランブラー？　一人で試してくれればいいじゃん」

作った人が近くにいた方が安心じゃないですか、壊れたときとか。

「ええー、めんどくさ。外出たくないんだけど」

少しは歩かないと身体悪くしますよ。腰を壊して、お尻が痔《じ》になって、脚が立たなくなって、ぼろぼろになって死ぬんです。多田羅さん一日じゅう座りっぱなしでしょ。すぐ死にますよ。

「極端」

いいから。一緒に行こ？

「わーかったよ。しょうがねえな」

えらい！　じゃあ立って、早く早く。

はーい皆さんお待たせしました。多田羅さんがようやく立ち上がったので、外ロケのテスト配信、行ってみましょー。

〈やったぜ〉〈タタラが立った！〉〈多田羅大地に立つ〉ほらほら、みんな盛り上がってますよ。

「今までの配信でも立ってただろ普通に」

多田羅さんが動くことに需要があるんですよ。

「パンダかよ」

あ、いいですね！　カメラの前でゴロゴロしたり笹食《ささ》べたりしてくれると再生回数すごそう。

「人間が笹食ってたらそりゃ見るだろうな」

でしょ？　前向きに考えてくれて嬉しいです。

「怖《こわ》。言ってねえよ」

はい、初公開！　ここがうちの玄関です。特に見るべきものはありませーん。

〈靴《くつ》見たい〉恥ずかしいからイヤでーす。さっさと外に出ましょう。ほら、多田羅さん、靴ひとりで履《は》けますか？

「馬鹿にしてんのか」

多田羅さんの靴、サンダルだけですもんね。どれだけ外に出ないかわかっちゃいますね。

このスクランブラーで外の映像どうなるんだろ。楽しみだな。

じゃあ開けますよ。ドア、オープン！

……あれ？

「あれ？」

なんですかこれ？

「戻った……？　いや、違うか？　違うな」

皆さんこれどう見えてます？

〈おかえり〉〈外じゃないじゃん〉〈まだ家の中？〉えー、じゃあ映像でもそう見えてるんだ。

あれー？

〈どうなってるの？？〉ごめんなさい、わかんないですよね。私も理解できてないんですけど。起こっていることをそのまま説明すると……玄関開けたら、その先に廊下が続いてます。はい、外じゃなくて。

〈別の家と繋がってるってこと？〉え、他人の家？　なのかな……？　でもそれにしてはなんか、身近な感じがするっていうか。別に見覚えはないんですけど。

どういうことでしょうか？　わかります、多田羅さん？

「心当たりは………なくもない」

だと思いました。いったい何やったんですか今度は？

「そんな毎回なにかやらかしてるみたいな言い方」

やらかしてるじゃないですか。

「っかしいな。テストしたんだけどな」

やっぱり！　これが原因ですよね、このスクランブラー……！

2

〈いま来たんだけど何これ〉えっとですね……、私よりもわかってる人に説明してもらった方がいいと思うので。多田羅さん、どうぞ！

「ええ？　私もちゃんとわかってるわけじゃないんだけど。外の光景をカメラが映したら自動的に人物の背景をモザイク処理するようにしたんだよ」

そしたら？

「そしたらなぜか……外がなくなっちゃった」

なくなっちゃったあ。そんなかわいい言い方してもだめですよ。なんでなくなっちゃったんでしょう。

あ！　待って待って。あの、リスナーの皆さんは大丈夫ですか？　ちゃんと玄関の外ありますす？

見てきて、見てきて。なかったら大変ですから。

大丈夫かな。

〈ちゃんと外だった〉〈大丈夫だったよ〉よかったあ。迷惑掛けてたらと思ってヒヤッとしました。〈期待して見に行ったけど変わらなかった〉いやいや、変わらなくていいんですって。困るじゃないですか、玄関から出てもまた家の中だったら。

どうなってるのかな。一回閉めて、もっかい開けたら……同じですね。うーん。変になってるの玄関だけ？　あ、多田羅さん窓見てきてくれたんですね。どうでした？

「同じ。窓開けたら別の部屋があった」

変なことになりましたね。こいつは困ったぜ。

〈あんま困ってなさそう〉〈楽しそう〉あ、わかります？　ごめんなさい、正直わくわくしちゃってます。えー、なんだろこれ。不思議！

玄関から出ても大丈夫かな。どう思います、多田羅さん？

「やってみないとわからん」

見た感じ危険なものはなさそうですよね。ただの廊下。

えい。

「おい……」

大丈夫でした。

「君さあ、もうちょっと用心した方がいいよ」

多田羅さん止めなかったじゃないですか。

「この廊下どこに繋がってるのかもわからないんだからさあ」

確かにどこなんでしょうね、これ。他人様《ひとさま》の家に繋がっちゃったって感じじゃないんですよ、さっきも言いましたけど。

これ画面越しに伝わるかな……。ちょっと皆さんも見比べてみてください。

いま映してるのが、玄関の先に現れた知らない廊下。で……こっちが、うちの玄関と、リビングに続く廊下。

〈なんか雰囲気似てるな〉でしょ？　やっぱり、そう見えますよね。廊下の長さとか違いますけど、なんていうか、玄関挟んだ反対側もうちっぽいんですよ。だから知らない家って感じがしなくて。多田羅さんも思いませんでした？

「それは思った。だから最初、玄関を境《さかい》に鏡映しになってるのかと勘違いした。でも違うな……微妙に馴染みがあるけど、よく見たら知らない場所だ。さっき見てきた窓の向こうの部屋も、やっぱり同じような感じだったし」

ですよね。じゃ、せっかくですし、廊下の先に行ってみましょうか。

「本気？」

もちろん。こんな面白いことが起こってるんだから、行かないって選択肢ないですよ。配信者なんですから。心配ですか？

「そりゃまあ」

じゃ、一緒に来てください。

「ええ……」

〈つよい〉〈意外と仕切るよね、さくらちゃん〉そうじゃないとやってられませんからね。

さすがに戻れなくなったりするのはイヤですから、ドアが閉まらないようにしておきましょうか。ドアストッパーとかあればよかったんでしょうけど、そんなの買ってないですから……こいつでいいかな。ドアの下に挟んどきましょう。

「それ私のサンダルじゃない？」

もう履かないやつでしょ。ていうかなんで捨ててないんですか？　靴底剝《は》がれてベロベロじゃん。

「愛着が……」

うそですー。ほんとに愛着あったらこんなふうにほっぽっておきませんー。次のゴミの日に出しましょうね。てかいま使ってるこっちを大事にしてくださいよ。私がプレゼントしたやつ。

「してるしてる。きれいなままだろ」

外に出ませんからね。前のベロベロサンダル、こんなになるまでどんだけ掛かったんでしょう。

「中学から履いてたからな」

うそ。ごめん、それはさすがに愛着あるかも。ドアストッパーにしちゃってごめん。

「いやいいよ、もう成仏させる頃合いだろ」

いいの？　サンダルさんごめんね。あとでちゃんと葬《ほうむ》ってあげるからね。

「いいって、ほら行くんだろ」

あ、うん。それじゃ、気を取り直して、行ってみましょー！

〈玄関の作りほんとに鏡に映したみたい〉ですね。ドアを挟んで、なんて言うんだろこれ、靴脱ぎ場？　がもう一つあって、廊下に上がるようになってますね。でも傘立ては違うやつです。うちのはダイソーのですけど、こっちはちょっとアンティークっぽい作りでかわいい。

「君が選びそうなやつだよな」

そうかも？　刺さってる傘は普通のビニール傘二本だけですね。

〈さっきから気になってたんだけど靴がないね〉あ、確かに！　靴箱っぽい場所もないみたいですね。

お邪魔しまーす、なのかな。玄関で靴履いて出て、すぐ靴脱いで上がるのなんか不思議。

廊下の床の感じ、やっぱりうちと同じだ。壁も。あ、電気のスイッチ。

「普通についたな、電気」

廊下の先見えるようになりましたけど……長いですね。結構先まで続いてる。

「大丈夫？」

何がですか？

「怖くない？」

はあー？　私のどこ見て言ってるんでしょうかね。ビビってるのは多田羅さんの方だと思いますけど。

「君がビビってないならむしろそれが怖いよ」

怖いなら手を繋いであげてもいいですけど。

「いやいい」

あ、そうですか。じゃあぐだぐだ言ってないで進みましょう。

〈あったまってきたな〉〈ケンカしないで〉ケンカしてないです。てか多田羅さんがケンカ売ってきたんですよ。

壁にドアがあります、開けてみますね。

トイレだ！　うちのトイレと似てるなあ。でもウォシュレットついてるのは違いますね。いいなあ。

「水も出る、ライフラインは生きてるんだな」

ほんとだ。あれ？　トイレの壁にもう一つドアがありますけど……。

え、またトイレだ！　反対側の壁にもドアがありますね。もしかして、ここも？

やっぱりトイレ！　えー、どうなってるの？

「個室を横に繋げるのおかしいよな」

〈見たことないこんなの〉〈せめて廊下側から出入りできるようにしろよ〉ほんとですよね。使いにくすぎますよ。

この先もまだ続いてそうですけど……いったん廊下に戻って先に進みましょうか。

「トイレ無限に続いてたら嫌だな」

私もなんかそんな考えが浮かんだんですよね。

廊下の先に進んでいきまーす。別のドアがあって、開けるとその先は……

わ！　広ーい！　天井高ーい！　リビングですね。二階まで吹き抜けみたいになってて、天窓から日が差し込んでて明るいです！

草色のラグがあって、青いソファがあって、おっきいテレビがあって、こっちには四人座れるダイニングテーブル。えー、ここ住みたい！　多田羅さん、私ここ理想かも。

「天窓の日当たり良すぎてソファとかすぐ褪色《たいしょく》しそうだけどな」

ねえ！　またそういうこと言う！

ほんとひねくれてる。ちょっと明るい話題になるとすぐネガティブなこと言って茶化《ちゃか》すの嫌い！

「事実を言っただけだろ」

事実だったらどういう言い方しても許されると思ってます？　だったら私も多田羅さんが臭いときくっせえって言いますよ。いいんですね。

「は？　臭くねえよ別に」

めんどくさくてお風呂入んない日あるでしょ。

「一日二日でそんなに臭くなんねえだろ」

…………………。

「なんねえだろ？？」

〈タタラさん臭いんだ……〉〈風呂に入れない女だったか〉〈正直そういう感じはしてた〉

「コメント拾うなよ。なんだよそういう感じって。普段は入ってるっての」

…………………。

「わかったよ！　悪かった！」

まあ、いいですよ。許しましょう。別に臭くないですし。

「はあ？？？？？？」

あ、ほらほら、リビングのこっち側、キッチンになってますよ。カウンターを挟んで、リビング側に料理を出せるようになってる。いいなー。これを見ていかがですか、多田羅さん？

「たいへん素敵なキッチンですね」

すごい棒読み。ロボットみたいになっちゃった。

「ロボットになったし二度と風呂入らねえ」

そしたら寝てるところにバケツで水掛けますけどね。

「憶《おぼ》えとけよお前」

忘れまーす。冷蔵庫おっきいですね。うちで使ってるのよりいいやつだ。中はどうかな……？

え、ちゃんと中身あるじゃん。思わず閉めちゃった、びっくりして。

「自分で開けといてなんで驚いてんの」

だってなんか、モデルルームみたいじゃないですか、全体的に。なんとなく空《から》っぽじゃないかと思ってました。

〈何入ってたの？〉〈中身見たい〉あ、そうですよね、ごめんなさい。もっかい開けて……こんな感じです。なんていうか、普通ですね。牛乳とか卵とか、溶けるチーズとかマヨネーズとかもずく酢とか。私もよく買ってるものが多いです。あ！　このドンキで売ってるソーセージの大袋いいですよ、おいしいし、いっぱい入っててお得。

……んん？　ていうか、なんかうちの冷蔵庫の中身とほとんど変わらない気がしますね。多田羅さんもそう思いません？

「だよな。ひとん家《ち》の冷蔵庫って普通全然違うと思うんだけど、この冷蔵庫使ってるやつ、他人の気がしない」

こっちに入って来てからずっと感じてたんですけど、やっぱり変ですよね。違和感がなさすぎるのが変。家の作りも家具も違うのに。自分の家のバージョン違いみたいな感じ。

「多分だけどわかった気がする、何が起こってるのか」

お、ほんとですか。解説どうぞ。

「あー……」

カメラに向かってどうぞ！

「……うちをシードにして自動生成されたんだと思うわ、この家」

ふんふん。自動生成。その心は？

「なんかうちに似てるだろ、この部屋も、置いてある物も」

はい。そんな感じがします。その理由がわかったんですよね？

「まずさ、そのスクランブラー、周囲の環境をランダムなノイズで置き換えてるんだよ」

えーと、ということはつまり……？　撮影するときに手を加えているわけではなく？

「そう、カメラが映すより前に、周りの空間をリアルタイムで変換してるんだ」

3

〈どういうこと?〉〈空間を?〉〈また変なこと言い始めた〉……リスナーの皆さんと同じく、
私もちょっとわからないんですけど。空間って、この、私たちの周りにある、これのことでいいんですか？

「まあ、それ」

これを、変換する？　って、どういう？

「んー、どこから説明するといいかな。まず空間って実は存在しないんだけど」

出た！

「何が？」

その〝実は存在しない〟ってやつですよ！　前回、時間が存在しないとか言ってましたけど、今度は空間もですか？　なんでそう、何もかもなくしちゃうんですか。

「私がなくしてるわけじゃないけど」

じゃあ誰ですか。

「誰って。強《し》いて言うなら宇宙かな」

許せないですね。ていうか時間も空間もないなら、宇宙もないってことになりません？

「…………」

え、本当に？

「んーー、過激な意見としてはそういう言い方もできるけど、さすがにちょっと乱暴すぎるな。どういう形でかはともかくとして、宇宙は存在すると思ってていいよ」

ほんとですか？　それならよかったです。〈これ何の話？〉あ、ごめんなさい！　わかんないですよね！　時間が存在しないとかいうのは前回のアーカイブ見ていただけると嬉しいです。

多田羅さんが説明してくれてるので。それでわからなかったときは多田羅さんのせいでーす。

「私はちゃんと説明しただろ。理解できなかったら本人のせいだよ」

そんな言い方、教師失格ですよ。

「教師じゃねえし別に。文句あんならやめるけど」

いえいえとんでもない。お続けになって。

「はあ。ミクロのスケールだと時間が存在しないって言ったの憶えてる？」

憶えてますよ。原子とか分子のサイズまで降りていくと時間も熱も色もないんですよね。

「………………」

え、間違ってました？

「いや。思ったよりちゃんと憶えてたからびっくりした」

馬鹿にしないでください。こっちは必死で話を聞いてるんですからね。

「じゃあ話は早いな。この前は説明省《はぶ》いたけど、原子のレベルだと時間と空間って同じものなんだよ」

同じもの？

「ミンコフスキー空間とかリーマン空間とか呼ぶんだけど」

な……え、何ですか？

急にわからん単語が出てきたからビビっちゃいました。

「君はもう知ってるよ、ミンコフスキー空間」

怖いこと言わないでください。身に覚えがありません。

「前回砂時計みたいな図を書いただろ。Xの……」

ああ、はい。光円錐《こうえんすい》でしたっけ。

「マジで憶えてるじゃん。君えらいね」

え？　え、へへえ。ふふぅ。

「なに？　気持ちわる」

はあ？　全然気持ち悪くないですけど。〈褒められてニヤけてる〉うるさいな！　ニヤけてないですー。で？　その光円錐がどうだっていうんですか。

「あの図が表してるのが、ミンコフスキー空間」

え！　そうだったんですか。あ、じゃあ知ってますね、私。知らん間《ま》に知っていた。その……ミンなんとか。

「ミンコフスキー空間」

それです。あれ？　でもあの話に空間なんて出てきましたっけ？　時間の話しかしてませんでしたよね？

「あの図はそもそも、時間と空間を統一して扱うためのものなんだよ。時間を実数、空間を虚数として、同じ座標系で表せる」

時間と空間を統一……？　そんなこと言われても、そもそも名前にミンコフスキー〝空間〟って付いてるの納得できないんですけど。

「そこは紛《まぎ》らわしいよな。ミンコフスキー時空とも言う」

そっちの方がまだ呑み込みやすいですね。リーマンさんの方はどうなんですか？

「リーマン空間は重力の影響を加えて複雑になるけど、やりたいことは一緒。要は時間と空間を統一して考えたいってこと」

ふんふん？

「時間と空間を一緒のものとして考えられるとき、時間が存在しないとしたら、空間はどうなる？」

……存在しなくなる？

「そういうこと。わかった？」

全然納得はできませんけど、まあ……。

じゃあいいですよ。空間が実は存在しないとしましょう。それがこの、多田羅さんが作ったスクランブラーにどう関係してくるんですか？

「時間と同じように、空間も、ミクロからマクロにスケールアップする途中でどこからともなく現れてくる。このプロセスに介入すれば、空間をある程度操作することができる。その仕組みを利用して、空間そのものにノイズを乗せようとしたのがこのスクランブラー。最初から空間が擾乱《じょうらん》されてたら、ただ撮《と》るだけでＯＫになるだろ？」

えーと、なるほど……？

〈発想がおかしい〉〈どうして……〉〈そんなことしないでもリアルタイム画像処理できるだ

ろ？〉なんかリスナーさんドン引きしてますけど。これも《インターネット3》がソースですか？

「そうそう」

　なんでわざわざそんな変なことを、って言いたいところですが。私には理由がわかりますよ。

「ん？」

　やりたかったんでしょ？

　ただ単に、試してみたかったからやっちゃったんでしょ？

「ウフフ。そう」

　バカ！

　つまり初めて知った技術が使ってみたくなって、ちょうどそこにあった私のカメラに組み込んでみたってことですね。なんてことを。

「だって困ってたじゃん。窓の外映っちゃって慌ててただろ」

　そりゃそうですけど。

「めっちゃお礼言ってたし」

　よくよく確認してから言うべきだったと思っています。じゃあ、空間そのものをいじった結果がこれだとして……なんでうちっぽくなるんですか？

「観測者の周囲の環境を元に自動生成するアルゴリズムだったのかもな」

〈テストしたんじゃなかったの？〉そうですよ！　こんなふうに変換されるのって、一回試したらわかりますよね。嘘ついたんですか、多田羅さん？

「いや、したした。ちゃんと自分で窓の外撮って試したって。そんときはボクセルアートみたいなモザイク処理されてた」

ボクセル？

「３Ｄ版のピクセルみたいな……」

今の動作と全然違うじゃないですか！　なんで？

「なんでだろうな。テストと違う条件を挙げるとしたら……君が一緒にいるからかなあ」

は？　私のせいだと言いたいんですか？

「そうじゃなければ、私が君と一緒にいるからかも」

そんなの関係あります？

「まだなんとも言えない。もうちょっと見てみない？」

いいですよ。他も見に行きましょう。リスナーの皆さんもお付き合いくださったら嬉しいでーす。

4

見てくださいこれ！　さっきとは別のキッチンがあるなと思ったら、めちゃくちゃ大っきいオーブン！　うわーいいなあ、これピザでもパイでも焼き放題ですよ。しかも二つ！　このサイズのオーブン二つって何事？

「そんなに焼いても食い切れないだろ、二人じゃ」

そういう問題じゃないんですよ。どうしよう、めちゃめちゃ楽しいです。パン屋さん開けるかもしれませんね。

〈楽しそう〉〈テンション爆上《ばく》がりじゃん〉そりゃ上がりますよ！　ひとつ惜《お》しいのは、こっちには冷蔵庫がないんですよね。最初のキッチンからは廊下とお座敷通って来なきゃならないし。

〈この自動生成された家どこまで続いてるの？〉自動生成された家ってすごいですよね。リスナーさんが受け容《い》れてるのが不思議です。

「それは君もじゃない？」

私はいま目の前にあるし触《さわ》ることもできますからね。受け容れざるを得ないというか。でも画面越しだとCGかもとか疑うじゃないですか。私だったら信じられないと思います。

〈慣れてきた〉〈半信半疑で見てる〉〈みんなよくできたフェイクとして楽しんでると思ってた〉いろんなリスナーさんがいますね。いいんですよ、どんな見方をしていただいても。〈前回の空に浮かんだ顔を見ちゃったからなあ……〉あー、あれは確かにインパクト大きかったかもしれませんね。

あと私はなんか、多田羅さんのやることだからなーみたいな。諦めの境地ですね。この人と一緒に暮らしてる以上、なすすべなしです。

「なんだそれ」

わ、見て！　お風呂場！　広ーい！

ついに発見しました、お風呂場です。脱衣所がなくていきなりお風呂場でしたけど。洗い場広いし浴槽大きいし、いいですね。高級ホテルみたい。

浴槽入ってみよ。

しっかり手足伸ばせますよ。いいなあ。多田羅さんくらいの背の高さでもこれなら余裕じゃないですか？　なんなら二人並べますよ。ほら、来て来て。

「え？　やだ」

なんで？

「なんか恥ずい、配信してるし……」

何が？？？　服着てるのに。

「そもそも服着て浴槽入るのなんか嫌」

はあ。難しい人ですね。どう思います？

うおう。コメントめっちゃ速《はや》。落ち着いてください。

まあ確かに、乾いてても靴下でお風呂場に入ったりするの嫌っちゃ嫌かもですね。それはわかります。多田羅さんは気にしすぎだと思いますけど。

でもいいなー、こんなお風呂のある家に住めたら最高ですね。

いや待って。住めるのか？　実際ここにあるわけだし……でも離れにしたってうちから結構遠いし……いっそこっちをメインの生活の場にする……？

「なあ、もういい？」

もう。人が真剣に考えてるのに。

自動生成されたってわりには理想の部屋が多くて、目移りしちゃうんですけど。多田羅さんもわくわくしません？

「多分そういうことだと思うんだよな……」

何がですか？

「理想の部屋って言っただろ」

言いましたけど。

「空間変換のアルゴリズムに、君の価値判断が入ってると思う」

え……？　え、待ってください。つまり、このスクランブラーって、私の理想の部屋を自動生成してくれてるってことですか？

「じゃねえかなあ」

多田羅さんの理想じゃなくて？

「違うと思う。私の理想だったらもっと変なことになってる」

どういう理想なんですかそれは。

じゃあ、二人で入れるくらい大きな浴槽が欲しいとかではない？

「ではない」

日当たりのいいくつろげるリビングが欲しいとかでもない？

「全然違うな。どっちも明らかに君の理想だろ」

それは否定しませんけど、なんで私の価値判断が影響するんですか？　何もしてませんよ、私。

「時間と空間も生まれるためには観測者が必要なんだけど――」

観測者、前にも言ってましたね。

「なんで必要かっていうと、時間や空間を生むために必要なのは記憶なんだよ。観測者の記憶がないと、なんの動きも生まれない」

意味がよく。

「時間と空間の認識って、すごくシンプルにすれば、〝さっきはあそこにいた、今はここにいる〟ってことになるだろ？」

えーと……〝さっき〟と〝今〟が時間、〝あそこ〟と〝ここ〟が空間？　ってことですか？

「そうそう。当たり前のように思えるかもしれないけど、それが認識できるのって、君に記憶があるからなんだ」

うーん、記憶がなければ〝さっき〟って何？　ってことになりますもんね。

「つまり人間にとっての時間と空間は、記憶と結びついてる。言い換えると、君の時間と空間は、君が観測してるから生まれてる」

で、その時間と空間は、多田羅さんの時間と空間とは別物なんですよね？　前にしてくれた話によると。なんかムカつくんですけど。

「なんでキレてんだよ」

まあ、いいです。それで？

「だから、君がこの空間の観測者になって、君の記憶を元に、理想の要素を含んだ家が自動生成されてるんじゃないかと思う」

うーん……いや！　もう一つ可能性がありますよ。

「お？　なに？」

やっぱりこれは多田羅さんが原因だと思うんです。一見私の記憶を元に作られた私の理想の空間だけど、実は多田羅さんが私の理想を知っていて、その理想を叶《かな》えようと無意識に考えたからこうなってる。それくらい私のことを大事に思ってくれてるってことですよね。違いますか？

「自己評価くそ高くてビビるわ」

だって、多田羅さんが一人でテストしたときはなんともなくて、私と一緒にスクランブラーを使ったらこうなったってことは……ほら、やっぱりそうじゃないですか！　私の説の方が説得力ありますよ！　どう思いますか皆さん？

〈頭いいな〉〈そんな気がしてきた〉〈愛じゃん〉ほら！　ね？

「都合のいいコメントだけ拾ってない？」

あ、待って？　もう一つ気付いちゃいました。

「今度はなんだよ」

時間は実数、空間は虚数とか言ってましたよね。意味は全然わかりませんでしたけど。

「意味わかんないのに憶えてるのはある意味すげえな」

虚数……空間……だから、居住空間、っていう駄洒落《だじゃれ》だったってことですか⁉

「おもしろ。最高。帰るわ」

あっ、ちょっ……待ってよ！

5

だいぶ奥まで進んできましたけど、なんかだんだん変なことになってきてません？

「構造が破綻《はたん》してきたな」

ですよね。部屋の作りもですけど、通れないくらい廊下が狭かったり、ものすごく天井が低かったり。最初の連続トイレも変でしたけど、まだ使えましたもん。行き止まりとか、意味のない階段とかも増えましたし。

〈トマソンだ〉〈ウインチェスター・ミステリーハウスみたい〉なんでしたっけそれ？　これどこまで続くんでしょうね。

「私たちが進み続ける限り無限に生成されるんじゃないかな」

無限！　じゃあ地球全部埋め尽くすことも可能ってことですか？

「埋め尽くしてから上下に積み重ねることもできるだろうから、理論上は宇宙と同じサイズまで拡張可能かも」

はー、いったい何百万ＬＤＫになるんでしょうね。何百万じゃきかないか。億とか兆とか……。

「そんなレベルじゃないよ」

あれ、待って。じゃあそのうちリスナーさんの家とか呑み込んじゃうってことになりません？　やだ、もう既に？　どうしよう。

「そこいま心配するの？　大丈夫だと思うよ」

なんでそんなこと言えるんです？

「うちを起点にこんだけ家が広がってたら、今ごろ車とかメチャクチャ飛び込んできててもおかしくない。でも静かなもんだろ」

あれ？　そういえば。

「このスクランブラーで生成される空間、他の空間とは位相《いそう》が違うんだと思う。だからどこまで行っても何にもぶつからないし、どこまでも広がっていく」

つまり……このものすごーく広い家がある空間には、私たち二人しかいないってことですか？

「そういうことになるな」

　はあー。なんだか気が遠くなりますね。

〈世界に二人だけってなんかすごいな〉〈めっちゃエモい〉ですよねえ。寂しいような、途方に暮れる感覚と、何もかも独り占めできちゃうワクワクする感じ。正確には二人占めですけど。

「お邪魔だったら帰るけど」

　ねえー、そういうこと言わないでって……あたっ。頭ぶつけちゃった。

「大丈夫か？　よそ見してんなよ」

　多田羅さんのせいじゃないですか。ていうか背の高い多田羅さんじゃなくて私が頭ぶつけてるの納得できないですね。

　進めないところも増えてきましたし、時間もあれなので、このへんにしときましょうか。

「戻るか。自動生成の世代が進むと劣化してくるのはこの空間でも同じみたいだな。うまく制御できれば役立てられそうなんだけど」

　どんなふうにですか？

「それこそ理想の部屋を、望んだままの形で生成できるようになるかも」

　え、それ最高じゃないですか！　やってくださいよ！

「そう簡単に言われてもな。観測者の価値判断に影響されるとはいえ基本ランダムだから、そんな都合良くいくかどうかは」

　大丈夫です！　多田羅さんならできますって！

「君のその私欲にギラついた目、なかなかのもんだね。インターネットの人たちに見せてあげるといいよ」

嫌ですよ。多田羅さんだから見せてるんです。

「なんも嬉しくねえ」

えーと、こっちから来たんでしたよね。帰りましょー。

皆さんどうでした？　私は楽しかったですけど、見てて面白かったですか？

あ、よかった！　みんな楽しかったって言ってくれて安心しました。ありがとうございます。

〈こんな配信初めて見た〉〈むしろなんでこの内容でこの視聴者数なの〉いやー、そう言っていただけると。でもちょっとずつ同接数もチャンネル登録者数も増えてるので、ほんとありがとうございます。え、ていうか登録者数もうちょっとで一〇〇人だ！　嬉しいー。

一〇〇人達成したら記念配信とかしちゃおうかな。考えておかなきゃ。ねえ、多田羅さん、何やったらいいと思います？

「さあ。好きなことしたらいいんじゃない」

なに他人事《ひとごと》みたいに言ってるんですか！　多田羅さんのチャンネルでもあるんですからね？

自覚持ってくださいよ。

「君のチャンネルだろ……」

多田羅さんがいないと成り立たないんですって。

「その割には扱い悪くないか？」

そんなことないでしょ。だいぶ持ち上げてると思いますよ。ねえ皆さん。持ち上げて、おだてて、その気にさせて……。

「やっぱもう出ねえ」

うそうそ、嘘ですってば。いつも付き合ってくれて感謝してるんですよ、ほんと。

あれ？　こんな部屋通りましたっけ。レースのカーテンが下がってる。この向こうって行ってないですよね。

わ！　ちょっと！　見てください！

すっごい綺麗な寝室！　天蓋《てんがい》付きのベッドですよ！　大きいなあ、この上で泳げそう……。

「大きすぎない？　六畳間くらいあるじゃん。なにサイズって言うんだ、これ」

クイーンサイズとかキングサイズとかより大きいですよね。その上ってなんだろ。エンペラーサイズとか？

うわ、めちゃくちゃ寝心地いいですよこれ！　ほら、多田羅さんも……どうかしました？

壁なんか見て。

「そのカーテン揺れてない？　風が流れてきてる」

え……ほんとだ！　外に続いてるんでしょうか。

「この空間、外って概念あるのかな」

こっちから吹いてますね……わ、壁だと思ったら、カーテンの先に廊下がある！　行ってみましょう。

「ここ、床が布張りだな」

シーツでしょうか。ベッドの上を歩いてるみたいで、不思議な作りですね……って、なにこれ!?

「うお、すご」

信じられない光景ですね……皆さん見えてますか、これ。野球場とか、サッカー場とか、そのくらい広い部屋が一面、シーツに覆《おお》われてて……。

〈すっげえ〉〈天井たっか〉〈マジで外かと思った〉ですよね、えー、びっくり。〈奥の方低くなってない？〉ほんとだ。行ってみましょう。

「ランダム生成でここまで広い間取りができることあるんだな」

間取りっていうか、もう地形ですよね。

部屋の端まで来ましたけど、見てください、これ……崖《がけ》ですよ。

下まで何十メートルあるんでしょう。崖下もベッドなのかな。いくら柔らかくても、落ちたらただじゃすまないですね。

〈怖い怖い〉〈気を付けて〉〈落ちないでよ〉ほんとですね。気を付けます。私よくコケがちなので。

「すげえな。これだけでかいと室内でも高低差で空気の対流が生まれるのか」

下から吹き上げてきてます。さっきの風はこれだったんですね。

〈崖の反対側に滝があるように見えるんだけど〉滝？　そんなことあります？

ズームしてみますね……。

え、ほんとに滝？　でもなんか、動いてないかも。ね、止まってますよね。

あ……わかった！　あれ水じゃないですね。シーツだ！　布地が壁から垂れ下がってて滝みたいに見えてるみたいです。

滝壺にあたる位置にもドアがあって、どうにかして降りたら先にも進めそうですけど……これキリがないですよね。探検はまたの機会にして、帰りましょう。配信の最後にすごい部屋見つけられてよかったです。

ね、すごかったですよね。来るとき全然気付かなかったな……え、なんですか？

〈来たときと違う道なんじゃない？〉……？

うそ。

こっちで合ってますよね？　多田羅さん。

「え、知らんけど」

え？

「自信ありげに進んでくから道わかってるのかと思ってた」

うそ。ちょっと待って。いま私たちどこにいます？

……迷った？

あの、わかる人いますか？　見てる人の中に。

〈迷ってんのかい！〉〈あーあ〉〈こうなる気はしてた〉〈全然わからん〉〈途中まで憶えようと

したけど諦めた〉…………。

え、まずくないですか？　だって、これ無限に続いてるんですよね？　歩いてればいつかどっかに出るとか、元の場所に戻れるとかないんですもんね？

「ないね」

うわーー！　ヤバ！　どうしよう！

ごめんなさい多田羅さん！　私がちゃんと憶えてないとダメだったのに！

「いや、別に……」

別に⁉　なにが別に⁉

「大丈夫だって。帰ればいいんだろ」

帰る方法あるんですか？

「カメラ貸して」

あ、はい……。

「スクランブラー切ればいいんだよ。ほら」

あっ……⁉

6

えー。先ほどはお見苦しいところを。

取り乱してしまいまして、ごめんなさい！

「頭下げても見えないだろ」

だっていきなり外に出ちゃったから！

皆さんすみません、今レンズを手で塞《ふさ》いでるので、真っ暗な画面しか映ってないと思いますが。

〈危ないところだった〉〈大丈夫っぽい〉〈手のひらしか映んなかった〉よかったあ。ありがとうございます。家バレしないようにするって配信で近所の光景映しちゃったらバカすぎますもんね。

そう、いま家の近所なんですよ。目の前によく使ってるコンビニがあって。家の中すごい歩いたと思ったのに、たいして離れてなかったです。

「屋内の距離感、外と結構違うんだな」

はー、疲れた。ひやひやしたし、ずっと喋《しゃべ》って喉渇《のどかわ》いたし、お腹もすきましたね。皆さんお付き合いありがとうございました。

〈おつかれー〉〈楽しかった！〉〈チャンネル登録した〉ありがとうございます！　私たちはコンビニでサンダル買って帰ります。

そうなんですよ。私は靴下だし、多田羅さんは裸足《はだし》だし。

最後まで真っ暗なのもなんですし、足でバイバイして終わりましょうか。さすがにアスファルトから特定はされないですよね？

はい、足でーす。ほら、多田羅さんも足振ってください。バイバイって。

「ええ？　これでいいの？」

それでいいです。またねー。ばいばーい。

あ、高評価、チャンネル登録よろしくお願いしま――

［※配信は終了しました］

#3【家の外なくしてみた】

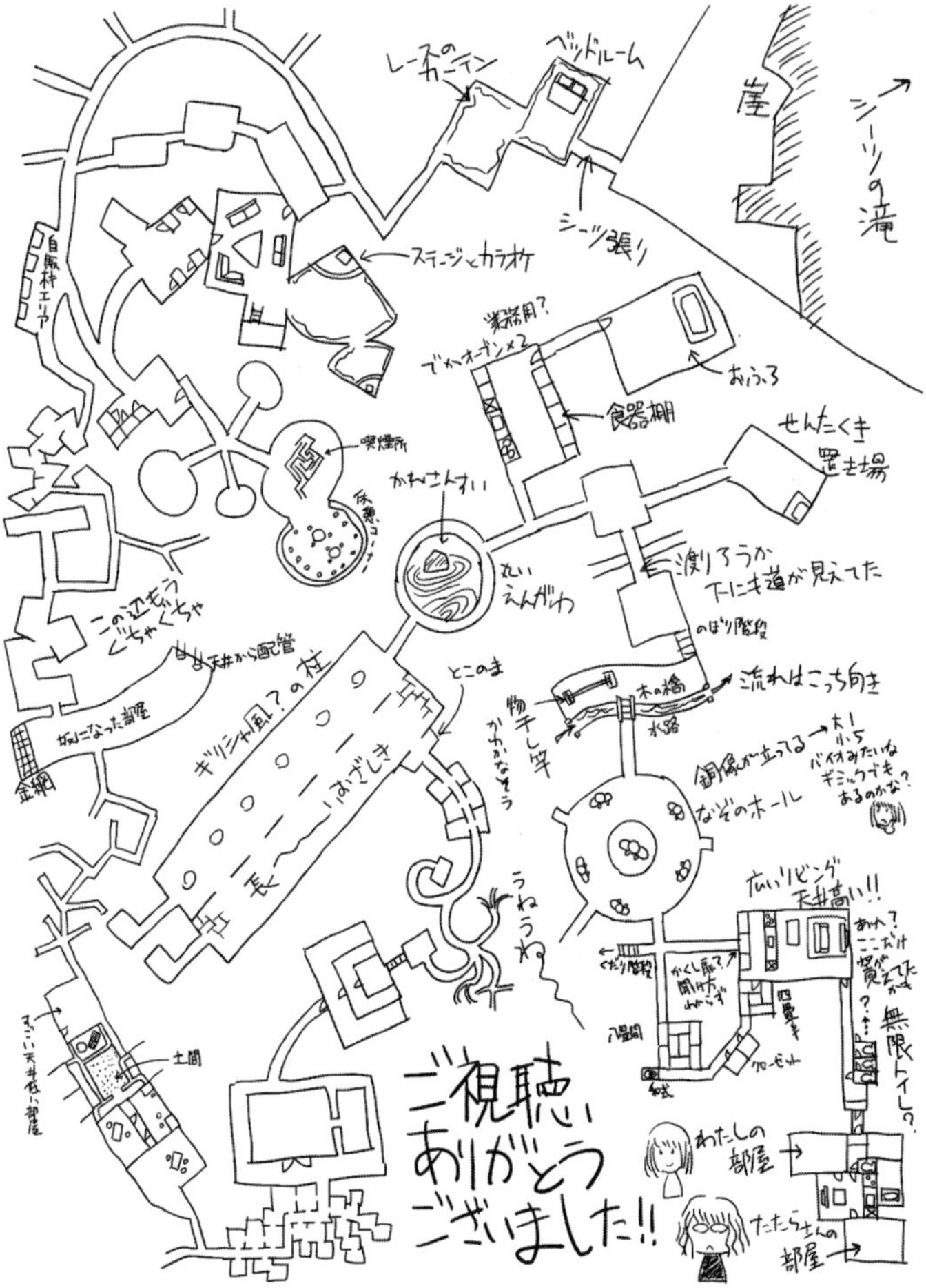

レースのカーテン
ベッドルーム
崖
シーツの滝
シーツ張り
ステージとカラオケ
自販機エリア
業務用？
でかオーブン×2
おふろ
食器棚
せんたくき置き場
喫煙所
かれさんすい
休憩コーナー
丸い えんがわ
渡りろうか
下に道が見えてた
のぼり階段
木の橋
流れはこっち向き
物干し竿
水路
かかかなそう
とこのま
この辺もうぐちゃぐちゃ
天井から配管
ギリシャ風？の柱
坂になった部屋
金網
ながざしき
長〜
うねうね
銅像が立ってる→大1 小5
なぞのホール
バイオみたいなギミックでもあるのかな？
広いリビング
天井高い!!
あれ？
ここだけ覚えてたかも
？…
無限トイレ？
くだり階段
かくし扉？
開け方わからず
八畳間
四畳半
クローゼット
和式
土間
すごい天井低い部屋
ご視聴ありがとうございました!!
わたしの部屋
たたらさんの部屋

＃4　【近所の異世界散歩してみた】

1

…………！

……！　……！

……………！

？

……??

…………!!

あああミュートになってたあー。ごめんなさい！

えー、ずっと一人で喋《しゃべ》ってた。くそー。〈いつかやると思ってた〉？　ちくしょー、悔《くや》し～！

〈何年配信やってんの！〉まだ三回しかやってないんだよっ！

は～い。ということでね。やっていきましょう。十《と》時《とき》さくらで～す。《ときときチャンネル》で～す。四回目の配信で～す。

〈もっとちゃんとやって〉やーもう、最初につまずいちゃうとね、ああーってなるじゃないですか。もう今日はこんな感じでダラダラやろうかな。

〈やさぐれちゃった〉〈いつもあんなに快活なのに〉快活ですかね、私？　配信してる間いっぱいいっぱいでわかんないんですけども。

〈見てると元気になる〉あ、ほんとぉ？　そうですか？　へへへ。〈適当にやられると悲しい〉そっかあ。そう言われたらしょうがないなあ、ちゃんとやりますか。

じゃあ改めて。ジッジンッ。

皆さんこんにちは、《ときときチャンネル》です！　このチャンネルは、わたし十時さくらが、同居人の天才科学者、多田羅未貴《たたらみき》さんの部屋に凸《とつ》したり、発明品を紹介したりする、そういう感じの配信してます！

今回が第四回！　初見さんも、そうでない人も、楽しんでってくださいね～。

え、今のどうですか？　ちょっと板に付いてきた感じがしません？

〈これは快活〉でしょう？　快活さ一本でやってるんで、私。〈ちょろい〉は？　素直って言え～！

「あれ、配信してんの？」

うわぁビックリした！

「なんだよ」

あ、皆さん、いま現れたのっぽのもじゃもじゃ眼鏡が、多田羅未貴さんです。同居人の。

見てわかる通り天才科学者です。

「わかるかよ」

〈天才来た！〉〈多田羅さんこんにちは！〉〈どう見ても天才科学者〉ほら、ちゃんとわかるみたいですよ。はい、挨拶。

「はあ、どうも」

もう一声。

「ええ？　じゃあ……こんにちは、インターネットども」

おぉい！

言い方ぁ。すみませんね、躾《しつけ》がなってなくて。

「なんか喜ばれてるけど」

え？　……ほんとですね。わあ、コメント速《はや》。

「登録者も増えてるし。よかったね」

わ、ありがとうございます！　なんで？　解《げ》せねー。

「邪魔したね、そんじゃ」

待て待て待て、待ーて。

「何？」

なんで帰ろうとしてるんですか。

「だって、配信してるんだろ」

あなたも出るんですよ、配信。

「ええー」

ええーじゃなくて。配信者としての自覚持ってくださいよ。

「何しろっての？」

ねえー、それも送っておいたじゃないですか。また何か作ったもの見せてほしいから一つ二つ見繕《みつくろ》っといてって。

「そうだっけ」

見てないとは言わせませんよ。既読も付いてたし。

「見たからって憶《おぼ》えてるとは限らないだろ」

これですからね。どう思います？

〈開き直ってて草〉ねえ、最悪の開き直り女なんですよ。ほら、多田羅さん、コメントでも怒られてますからね。

「ほんとだ。〈やる気ない子は帰りなさい！〉だって。そう言われたらしょうがないな。じゃあ、また……」

待って。帰らないで。あのー、皆さん、この人そういうネタ振りとかされると、わざと曲解するひねくれ女なので、いい感じに調整してコメントお願いしていいですかね。

〈難易度高いな〉〈めんどくせえ！〉そうなんですよー、ほんとすみませんね。

「インターネットの顔色窺《うかが》ってんじゃないよ」

そういうこと言わないの！　ていうか、あれ？　そういえば、配信やってるの知らないのになんで私の部屋来たんですか？

「ああ、頼みたいことあったんだけど、たいした用事じゃないから」

なんですか？

「後でコンビニとか行くならついでに買ってきてほしいものがあるってだけ」

買ってきてほしいものとは。

「単三電池。切らしちゃってて。配信の後でいいや」

ああ、いいですけど。

「あとコーヒー切れた」

あ、ほんとですか？　それも……ん？　なんかコメントが。

〈自分で行け〉〈自分で買いに行った方が早くね〉〈家事やらない旦那のムーブで笑う〉……いや、そうじゃん！　自分で買いに行こうって思わなかったんですか？

「え、だって、いつも行ってくれてるだろ」

やばぁ。完全に慣れちゃってた。ありがとうございます、コメントで言われて気付きました。こうやって人はダメになっていくんですね。

「なんだよ」

確かに多田羅さんは生活能力がないですけど、だからって諦《あきら》めたらだめですよね。買い物頼まれるのが当たり前になっちゃってました。

「いいよ、じゃあ。通販で頼むから」

単三電池とインスタントコーヒーのためだけに通販を？

「頼めば届くじゃん」

だーめですよそんな。だいたい多田羅さん動かなすぎるんですよ。いま私が死んだら多田羅さんどうなっちゃうと思います？　あっという間《ま》にゴミ屋敷になって、多田羅さんも動かないまま干《ひ》からびて死にますよ。

「そこは死なないでもらって……」

OK、わかった、じゃあ、これから一緒に行きましょう。

「え、買い物に？　今？」

そうですよ。どのみち私もスーパー行くつもりでしたし。

「なら買ってきてくれてもいいだろ。てか配信どうすんだよ。放置して行くの？」

放置なんかしませんよ。というわけで、皆さん！　予定変更して、今回は外に出ようと思いまーす！

〈外ロケリベンジ？〉そうですそうです。前回見てくれた方はご存じだと思うんですけど、この前、第三回の配信でも外ロケしようとしたんですよ。そしたらトラブルで一生出られなくなっちゃって、ずっと家の中探検する羽目《はめ》になって。

〈あれ面白かった〉〈原因直ったの？〉直りました！　あ、初見さんに説明しますと、家バレとか防ぐために外の光景をリアルタイムで画像処理するスクランブラーを多田羅さんが作ってくれたんですけど、それがバグって……。

「バグったわけじゃなくて、想定外の挙動をしただけなんだが」

と意味不明なことを供述してますが、そのスクランブラー直してもらったので、今度こそ満を持《じ》して外ロケに行っちゃおうかと、思いまーす。前回何が起こったのかはアーカイブで見てみてくださいね！

そうと決まれば早く行きましょう。ほら、出かける準備してきてください。

「えー……。近所に買い物行くだけで配信成立すんの？」

お！　撮《と》れ高《だか》の心配をしてくれるとは、多田羅さんにも配信者の自覚が出てきたようで嬉しい限りですね。

「あ？」

いろいろ企画考えてたんですが、お散歩動画もありかなあと思うんですよ。ほら、うちペットがいるじゃないですか。あ、これも説明しなきゃですね、うち時間飼ってるんですけど。

〈時間……？〉〈バンちゃんだ〉〈あのよくわからん立体〉そうそう、それです。バンダースナッチのバンちゃん。その正体は、えーと？

「光円錐《こうえんすい》」

それです。なんだっけ、光速の壁で区切られた時間の塊《かたまり》なんですけど。これも詳しくは第二回のアーカイブで見ていただければ。

せっかくペットがいるんだし、外ロケも可能になったんだから、バンちゃん連れてお散歩動画もできるなって思ってたんです。Ｖログみたいに編集して動画で上げるつもりだったんですけど、生配信でやってもいいかもしれませんね。うん、そうしましょう。決定！

というわけで多田羅さん、お外に出ますよー。お財布とかスマホとか必要なもの持ってきてください。その間にこっちも機材準備しておきますから。

「マジかよ……」

よーし、行った行った。

〈意外に素直だった〉〈もうちょっとゴネるかと〉ね、私もそう思ってたんですけどね。多分配信してなかったらもう一悶着《ひともんちゃく》あったんじゃないかな。

そうそう、皆さんのおかげだと思いますよ、ほんとに。配信見られてるってわかってるから、いつもより素直だったんですよ。可愛いとこありますよね。

今後はなんか揉《も》めたらすぐ配信しようかな。勝てそうな気がする。

〈配信でリスナーにケンカの仲裁させるの斬新すぎる〉〈むしろやって〉確かに！　うそうそ。やらないですよ。皆さん付き合わせるの申し訳なさ過ぎますし。〈配信機会増えるならありかも〉いやいや、皆さんもすぐうんざりしますって。

さてと。家のＷｉ－Ｆｉから外れたら自動的にモバイルルーターに回線切り替わるはずなんですけど、配信グルッちゃうので、今のうちに切り替えておきます。蓋絵《ふたえ》にして、と。一瞬切れますけど心配しないでくださいね。チャンネルはそのまま！　ふふ、これ言ってみたかったんですよね。えーと、こｒ――――

2

よっと。

あーあー。大丈夫かな。ミュートにはなってないですよね。

見えてますかー？　音声大丈夫そうですか？

あ、大丈夫そう！　よかったー。

どうもお待たせしました。いま見てくれてるのが……五十六人！　おー！　だいぶ同接増えてくれましたね、嬉しいです。

あ、こんにちはー。初見さんもいらっしゃーい。

今からですね、多田羅さんと二人、それにペットのバンちゃんも連れて、近所のスーパーまで買い物がてらお散歩に行くところです。

多田羅さーん。大丈夫ー？

「まあ一応」

一応大丈夫だそうでーす。じゃ、出発しましょうか。

あ、見て見て、ほら。バンちゃんに首輪とリード付けたんですよ。かわいくないですか？

〈なにこれ？〉〈かわいい……のか？〉かわいいでしょ！　これがバンちゃんです。

〈よくわからん立体が動いてる〉〈ポリゴン？〉〈リアルタイムで合成してるの？〉合成じゃないですよ、リアルです。よくわからん立体なことは否定できないですけど。

〈頭そっちで合ってる？〉どうなんでしょうね、わかんなかったからそれっぽい場所に首輪付けました。今のところ文句はないみたいです。

〈言うこと聞くの？〉いい子ですよ。ね、多田羅さん。

「いい子悪い子の定義によるかな」

悪い子にならないようにしっかりリード持っててくださいね。

私は撮影と配信どっちもやらなきゃいけないので手一杯なんですよ。多田羅さん腕二本余ってるんだから使ってください。

「私が持つの、これ」

〈草〉〈多田羅さんなら腕の二、三本生《は》やしてくれそう〉確かにぃ。どうですか、多田羅さん？

「え、なに？」

私に追加の腕生やせます？

「生やしたいの？　探しておくけど」

やばぁ。本気にされそう。

〈探しておくって何？〉〈予備の腕あるのか〉や、多分、《インターネット3》でやり方見つけるってことだと思います。ですよね？

「うん」

あ、《インターネット3》ってのは、えーと、超高次元の粒子《りゅうし》間ネットワークだそうでーす。多田羅さん、一日じゅうそれ見てるんですよ。このインターネットよりずっと面白いんだって。どうやって見るか教えてくれないんですけど。

このバンちゃんも、カメラに付いてるスクランブラーも、《インターネット3》で見つけた情報で多田羅さんが作ってくれたんですよ。ね？

「うん」

前回はスクランブラーうまく動かなかったけど今回は大丈夫……な、はずです。配信前に私もテストしましたから。

よいしょっと、靴履《は》いてと。多田羅さんもいいですか？　じゃあ、玄関、オープン！

……よし！　ちゃんと外ですね。

皆さん外の光景見えてますか？

〈外だけど……〉〈普通に見えちゃってるけどこれ大丈夫？〉〈スクランブラー掛かってる？〉

大丈夫です！　あのね、いま私も画面で確認してるんですけど、皆さんが見てる光景、実際の光景と全然違うんですよ。

たとえば……玄関開けた正面に柵《さく》ありますよね？　柵でいいのかな、この、マンションの通路の壁。私が指差してるこれ、白い壁で、上が濃い青色に塗られてますよね。これ実際には全然違うんです。

そう、どう違うか言っちゃうとスクランブラーかけてる意味ないんで言わないですけど。柵の外も映してみますね。

「落ちんなよ」

落ちないですよ！　子供じゃあるまいし。どっちかというとカメラを落とす方が怖いですね。ほら、ぐるーっと、外の街並み映してみますけど……。やっぱり実際の光景と画面の光景、全然違うんですよ。建物から看板から、何から何まで。

これがこのスクランブラーの、本来の力なんです。すごいでしょう！

〈すごーい〉〈お、おう〉〈すごすぎてすごさが伝わらないな〉……あ、あれ？　思ったより反応が薄いんですけど。

「そりゃそうだろ。実際の光景見られるの君だけだもん」

あ、そうか！　両方見てる私にしかわからないんだ。

えー、これ伝わらないの悔しいな。一回スクランブラー切って見せてあげたい。やらないですけど。

〈リアルタイムで映像を上書きしてるってことだよね？　ＡＩで生成してるのかな〉ですって。どうなんでしょう、多田羅さん。

「いや、根本的に違う技術。画像を生成してるんじゃなくて、存在の蓋然性《がいぜんせい》の波長を変えて、それを映してる」

えーと、つまり……？

あ、もしかして、別の世界線の映像をカメラに流してるってことですか⁉

「う〜〜〜ん、並行世界と言った方がまだ正確かな」

並行世界って世界線のことですよね？

「いや、完全に誤用が広まっちゃってるから言っても無駄だと思うけど、誤用。世界線っての は本来、時空図を移動する光子の軌跡。並行世界とは全然違う概念」

お？　お？　わかんなくなってきたんですけど？

「いや、君は知ってる」

え？

「前に説明した光円錐、あのバッテンが世界線。ミンコフスキー空間を移動する光子の軌跡」

あれって実際には砂時計型の立体でしたよね？

「そう。だから砂時計型の立体の表面は〝世界面〟になる。まあ、あれも時空の複数の次元の うち空間と時間の二成分だけ示した結果そう表現できるって話なんだけど、君がそこまで気に しなくていい」

ううう。

「どうした？」

わからん！　くそ〜。多田羅さんに追いつけないのが悔しい〜。

「なんの勝負してんだ。世界面って、これだよ」

これ？　バンちゃん？

「バンちゃんの内部は光速の壁でこの宇宙から仕切られてるって言ったろ。で、その壁っては、光円錐の壁だから……」

あ！　バンちゃんのこの……身体の表面が、世界面ってことですか？

「そう。で、立体的なバンちゃんを、二次元のグラフで表したとき、その輪郭が世界線ってこと。平面で表すか、立体で表すかの違い」

そういうことかー。また知らんうちに知ってしまっていた……。

あの、皆さんこれ伝わってます？

〈なるほどわからん〉〈わかってきたにゃ〉〈完全に理解した〉まあまあまあ、そうですよね。

あのー、私も半信半疑……半知《はんち》半解《はんかい》……？　なんで、聞き流してくださって大丈夫ですので。

〈並行世界を映してるってのは正しいんだ？〉えーと、多田羅さん？

「うん、ただし特定の並行世界じゃなくて、ホログラフィックな宇宙をザッピングしながらランダムに映像を取得してる。一つの蓋然性に視点を固定すると、実際の光景との比較が容易になっちゃうから」

〈もしかしてこれとんでもないもの見てる？〉〈単に映像上書きしてるだけかと思ったら次元が違った〉〈多田羅さんやっぱスゲーな〉でしょう。すごいんですよ、多田羅さんは。

「なんで君が自慢げなの？」

そういうわけで、このスクランブラーがあれば家バレの心配もなく、自由に外ロケができるんです。なので心配ご無用！

前置きが長くなりましたね。それじゃ早速、行ってみましょー！

3

やー、みんなでお出かけするの楽しいですね。いつも一人なんですけど。多田羅さんすらいないですからね、普段。

〈多田羅さんなんで外に出ないの？〉ほら、訊かれてますよ。

「え、めんどくさいから……」

これですもんね。別にたいした理由もないんですよ。単にズボラなだけ。

「めんどくさいのは立派な理由だろ」

立派ではないですね。多田羅さん、一人でいたら自分の興味のあること以外やんないでしょ。セルフネグレクトまであと一歩ですよ。

「否定はできない、確かに」

ねー。家から出てくれて私ほんとに嬉しいんですよ。外に出るのが怖いのに、勇気を出してくれて……大きくなったなって……成長したよねって……。

「そこまでじゃねーだろ」

〈泣いてる?〉〈引きこもりの社会復帰ドキュメンタリーでこういうの見た〉気持ちとしては近いですよ。あ、泣いてもよかったですね、多田羅さんが動揺するレベルで。

「泣くか泣かないか冷静に制御できる女こわ」

じゃあ訊きますけど、多田羅さん、涙が制御できない女と、冷静に制御できる女、どっちが好みですか。

「……その二択だと制御できる方かもしれんけど」

でしょう? 頑張ってるんですよ。

「別にそこ頑張んなくていいだろ。そのままでいいよ」

ねえ、今のどう思います皆さん?

〈多田羅さんわかってねーな〉〈うーん……〉〈だめだこりゃ〉ですよねー。

「何が?」

〈少なくとも外に出るだけで泣かれるレベルなのはわかった〉そうなんですよ。これを機に、もっと一緒にお出かけしてください。

「えー……」

よろしければ。いかがでしょうか。

「わかったよ。しょうがねえな」

やったー!

〈よかったね〉〈うれしい！〉ありがとうございます。皆さんの応援のおかげです。よーし、これで外企画も考えられるぞ。

「もしかして結託《けったく》してた？　インターネットと」

してないですよ。してないですけど、リスナーの皆さんは私の味方みたいですね。

「よくわからんし納得できねーな」

多田羅さんが一緒にお出かけしてくれれば、私も幸せ、リスナーさんも幸せ、ついでに多田羅さんも健康になるというだけです。なんにも難しくないでしょ。

「私だけ幸せじゃなくて健康なの？」

健康は幸せの土台ですよ。あとお金も。

〈真理だ〉〈しっかりしてるなあ〉そうですよ。その二つがあればだいたいＯＫですからね。

〈バンちゃんついてきてる？〉大丈夫ですよ！　いま映しますね。

ほら、ちょこまか歩いててかわいいですよね。外に出るの全然嫌がらなかったです。リード持ってて嫌がられたりします？

「いや、特に」

よかったあ。バンちゃんもお散歩したかったんですね。

「そうかなあ」

疑問の余地が？

「うーん、時間に意思があるかのような表現にまず疑問が湧《わ》くんだけど……でも君の時間だからな、これ」

どうもそうみたいなんですよね。バンちゃんの表面――さっきの話だと〝世界面〟でしたっけ、その向こうは絶対に干渉できない場所らしいので……そう、文字通りこの宇宙の外なんですよ、バンちゃんの中って。だから、バンちゃんが私たちの意思に影響を受けることは絶対にないって話だったんですけど。

逆なんですよね？

「そう。犬だかなんだか、よくわからん塊に見えるバンちゃんだけど、実はその内側にいるのは私たちなんだよ」

〈俺たちはバンちゃんに散歩させられていた……？〉というかですね、缶詰の内と外をくるっと裏返すと、世界の方が缶の中にあることになって……みたいな話、子供のころにテレビで見たことありません？　そういう考え方でいいらしいです。つまり、見かけ上はバンちゃんを散歩させているように見えるけど、実際は私たちがいる方がバンちゃんの内側。なんか変な感じですね。

「しかも、私が作った時間のはずだったんだけど、なぜか君の時間になっちゃってたんだよな。だとしたら君の意思がバンちゃんの振る舞いに何らかの形で反映されている可能性はあるかもしれない。どういう仕組みでそうなるかはわからん」

お手上げだそうでーす。口ほどにもないですね。

「あ？」

バンちゃんそんなに早く動かないから、のんびりペースで歩いてますけど、皆さん大丈夫そうですか？　退屈してません？

〈風景どんどん変わって面白い〉〈どうなってんのこれ〉〈背景動いてて生き物みたいに見えてきた〉ねー、私も画面ちらちら見ながら歩いてるんですけど、不思議ですよね。道端《みちばた》の家がだんだん変わっていくの。新築になったり、ぼろぼろの廃屋になったり。ほら、いま映ってるこの三階建ての立派な家、実際にはないんですよ。駐車場なの。

「それ言っていいの？」

だって地形もときどき違いますからね。写真から場所特定できる人がいるのは知ってますけど、さすがにここまで変わってると無理だと思います。

〈俺得意なんだけどこれ特定は無理だわ〉いるし！　え、何がどう無理ですか？　詳しく聞いてみたいです。

〈言っていいの？〉

いいですよ。まずかったらアーカイブ消えますけど。

どうでしょう……お、来ましたね。えーなになに。

〈普通に看板とか標識映るから楽勝だと思ったんだが、地名や商店名もデタラメだし、市外局番もバラバラ、車のナンバープレートも変。建物も地形も変わり続けるとしたら相当厳しい。わかったのは日差しの方向からだいたい西に向かってることと、あと多分東京か、神奈川じゃないかってくらい。今はこれが限界。まずかったら消して〉

ええー、怖《こわ》！　ありがとうございます、メチャクチャ絞《しぼ》ってくるじゃないですか！

「な、だから油断しちゃダメなんだよ」

怖、とか言っちゃった、ごめんなさい、私が言ってって頼んだのに。

何が手がかりになるんだろう。わかります？　多田羅さん。

「多分だけど……今の天候と私たちの服装、訛《なま》りのありなし、植生、スクランブラーを通してもなんとなく推測できる地形の高低とか、材料いろいろあるんじゃないかな。一発では無理でも、同じ道を何回か通ればスクランブラー貫通して絞り込んでくると思う、この人」

はー、なるほどぉ……。あ、また書いてくれてる。〈そうそう。風景移り変わってもだいたい路面の状態が一定の水準を保ってるから、そこからも推測できる〉すごぉ。いや、プロですよね、怖いを通り越して感心しちゃいますよ。コメントもざわついてますもん。

〈あぶないあぶない〉〈特定に自信ニキやべえな〉〈大丈夫？〉〈不安なら中止しても〉うーーん、中止はしたくないんですよねえ。せっかく皆さんが来てくれてますし、将来的な外企画のテストのつもりでもあるので……。どうしようかな。

「スクランブラーのランダム度上げるか」

え、どうするんです？

「ダイヤル付いてるだろ。それ回してみ」

どっち向きに？　どれくらい？

「時計回り、適当に」

カチカチっと……。何か変わりました？

え、何ですか？〈なんか通った〉？

見てました、多田羅さん？

「いや。画面見ると、なんか高圧鉄塔みたいなのが立ってるな」

ほんとだ。ずっと先まで並んでますね……？

わ、なんか来た！

上の方にカメラを向けると……何あれ？　鉄塔をぶっといケーブルが繋いでて、そこから電車みたいなのが吊り下がってますね。いま私たちの頭上を通り過ぎて……行っちゃった。すごい速さ！

「ロープウェイだな」

あの観光地にあるやつですか？　山を登るやつ。にしては大きくなかったですか？

「ケーブルの傾斜が緩《ゆる》いと大型化できるんじゃないか」

スクランブラーで、ああいう交通手段が実現した並行世界が映し出されたってことでしょうか。えー、楽しそうだな。乗ってみたい。

「映ってる光景もさっきよりだいぶ変だろ。こうやってランダム度を上げるほど、スクランブラーを通した映像はこの現実とはかけ離れたものになるから、場所特定のリスクも減るんじゃないか」

なるほどー！　じゃあ念のためもうちょっとダイヤル回して……。これくらいでいいかな。

わ、すごい！　見てますか皆さん！　ジャングルみたいになっちゃってる！

「クズだな」

は？

何ですかいきなり。ケンカですか？

「違う違う。植物のクズ」

……ああ、葛餅《くずもち》のクズですね。びっくりしたぁ。突然罵倒《ばとう》されたかと思いました。

〈お口《くち》わるわるじゃん〉〈ノータイム暴言で草〉そう思いますよね。普段が普段だから。

「私そこまでじゃねえだろ、普段」

実際はそうなんですけど。愛想が悪いとそれだけで印象がよくないってことですよ。これ、クズなんですか？

「じゃないか？　日本の蔓《つる》植物でここまで繁茂《はんも》してるやつって、そんなに種類ないだろ」

〈自転車埋まってる〉？　あ、ほんとですね。よく見たら自転車だけじゃなくて家が丸ごと覆《おお》われてるみたいです。このへん一帯、全部クズなんだ。

「文明崩壊後の光景かな」

こういう並行世界もあるってことですか。カメラを通してこんな光景見てると、変な感じがしますね。何があったらこうなるんだろう……。

あ、一瞬立ち止まって撮るので、多田羅さんそのまま歩いてください。

「うん？」

あーいい絵ですねこれ。バンちゃんのリード持って、滅びた世界を歩いていく多田羅さん。これあとでサムネにしましょうか。

「来ないのー？」

いま行きまーす！

もうちょっと撮ってたいところですけど、多田羅さんが心細くなったみたいなので追いつきましょうか。ちょうどスーパーに着くところですしね。

あ、すごい！　スーパーの建物もびっしり植物で覆われてて、屋根から大木《たいぼく》が生えてますね。〈いま映ってる塊がスーパーなの？〉そうですそうです。これは言っていいと思うんですけど、ちょうど同じ場所にスーパーが建ってます。こっちは一本も木が生えてないから、毛むくじゃらの生き物が全身丸坊主にしたみたいで、逆に違和感ありますね。

多田羅さん、このスクランブラーって、スーパーの中《なか》映して大丈夫だと思います？

「問題なく動くはずだけど、店内で撮影していいかどうかは知らない」

撮影ご遠慮くださいとか書かれてなければ大丈夫だと思います。店内で商品とか手元映してる配信者さんたくさんいますよね。

一応、カメラ伏《ふ》し目がちに回しときましょうか。足元だけ映す感じで。

バンちゃん外に繋いでっと……。

〈バンちゃん柵に繋がれてると何が何だかわかんないな〉〈そもそもこれ柵？〉〈鉄条網の張られた杭《くい》にしか見えないんだけど〉実物はちゃんと柵ですね。店の外のフェンスです。

連れて行かれたりしないですよねえ。

「バンちゃんが？　そもそも見てもなんだかわからないと思うよ」

じゃ大丈夫ですかね。

いい子で待っててね、買い物してすぐ戻ってくるからねー。

4

……みなさ〜ん。聞こえますか〜？

いま〜、かなり小声で喋ってるんですけど〜。

店内アナウンスとかも入らないように〜、ノイズリダクションも強めにしてて〜。

聞こえる〜？

あ、聞こえてますね。よかった。

ごめんなさい、お聞き苦しくて。スーパーの中、配信のテンションで喋りながら買い物してるとさすがに迷惑かなと。

多田羅さんの声とか全然入らないと思うんですけど。

〈ASMRっぽくてこれはこれで〉……あー、なるほど？　囁《ささや》いてると確かにそうかもしれないですね。

今度ＡＳＭＲ企画もやってみたいな。寝かしつけたりするやつ。でもあれって、いいマイク買わないとですよね。

「……どこ……」

え、なんですか？

電池？　レジ前にあるやつでいいんじゃないの？

「……レジ……」

うん、だから会計直前で大丈夫。

〈もしかして多田羅さん電池売られてる場所ご存じない？〉

あ、今の聞こえてました？　そうみたいです、びっくりですよね。この人がどんだけ普段外に出てないのか、皆さんにもわかっちゃったと思います。

「スーパー……」

スーパーだからわからない、専門店ならわかると抗弁《こうべん》されています、今。怪しいと思いますけどね。専門店にだって買い物行かないじゃないですか。

「ヨド……さく……」

家電量販店なら行くことがあるって、それは言い訳にも自慢にもなってないですよ。ていうか、今「さくらや」って言いました？　それ、だいぶ前に潰《つぶ》れませんでした？

ねえ、そうですよね。

〈さくらやって聞こえたの気のせいじゃなかったのか〉〈懐かしすぎて夏になった〉〈行ったこ

とない〉ほら、コメントでも言われてますよ。知らない人もいますし。

言い訳のつもりが、外に出ないことが逆に明らかになっちゃいましたね。

「……前は……」

じゃあ、また行きましょうよ。買い物に。一緒に。

いいですよね？　楽しみです。

「……そ……」

なんですか？　多田羅さん、家電量販店にすら一人で辿り着けない疑惑が持ち上がってるんですけど。何年も前に潰れた店の前で呆然としてそうですもんね。

〈多田羅さんかわいい〉それはまあそうなんですけどね。かわいい反面、心配になるのもわかっていただけるのではないでしょうか。

話しながら普通に買い物しちゃってますけど、すみませんね。

椎茸《しいたけ》高いな。エノキでいいかな。

まだ冷凍庫に豚バラあったから肉はいいとして。あ、ブリのお刺身安いですね。買っちゃお。

わあ。スクランブラー通したら魚売り場すごいカラフル。

このきれいな青緑の魚、なんだろう。こんなの見たことないです。

「……沖……」

沖縄の？　こういうのがいるの？　実際に。へえー。

じゃあ、海水温が上がった並行世界を映してるとかでしょうか。

いま基本足元しか映してないんですけど、余裕があったら全部の棚映してみるのも面白そうですね。商品名も品揃《しなぞろ》えもけっこう変わるんだろうなあ。バンちゃん待たせてるし、他のお客さん映っちゃうから今はできませんけど。

あ、足元もよく見たら変わってますね。なんか今、人工芝《しば》が映ってます？　並行世界だからって、なんでスーパーの店内に人工芝なんか敷くんだろう。

おっと、コーヒーコーヒー。忘れるところでした。

うわ。高《たか》。インスタントコーヒー高！

多田羅さん、こっちでもいいですか？　安い方。

だめ。はい。

う〜〜ん。まあしょうがないか。一個だけ買って行きましょう。今度安いところ見つけたら買いだめしておかなきゃ。

多田羅さんインスタントコーヒーを水みたいにガバガバ飲むので。そのくせゴールドブレンドしかだめだって言うんですよ。

〈カフェインとりすぎ気をつけて〉そうなんですよね。心配なんですけどデカフェはお気に召さなかったみたいで。

あ、ネスレさん見てたら案件お待ちしてまーす。あはは。見てないか。

これでいいかな。おやつ？　それだけで足りる？　いいよ、入れて。

じゃあレジに行きましょう。皆さんごめんなさい、思いっきり家の買い物に付き合わせちゃって。

〈多田羅さんカゴは持ってくれるんだ〉さすがにね。この身長差でカゴすら持たなかったら何のために生まれたんだってことになりますからね。

そうだそうだ、レジ前で単三電池を……わ！　ねえ多田羅さん、画面見て！　並行世界のレジめっちゃ面白い！　パチンコ台みたい！

5

バンちゃ～ん、お待たせ～。いい子にしてた？　怖くなかった？

よかった、ちゃんと元の場所にいてくれて。連れて行かれるんじゃないかと心配してました。いや、確かに犬には見えませんよ。でもかわいいからさらわれる可能性はあるじゃないですか。犬ならまだ、吠えたり暴れたりして抵抗できますけど、バンちゃん物静かですから。

多田羅さん、荷物一瞬持ちます。片手でリード外すの難しいでしょ。

「ああ、ありがと」

ＯＫかな。はーい、じゃ買い物袋返して……行けます？

「うん」

じゃあ帰りましょー。今度は来たときと別の道通りましょうか。

そうだ、皆さん、お店の中にいるときちゃんと画面見られなかったので、けっこうコメント見落としてると思うんですけど、問題なかったですか？

大丈夫？　よかったー。

〈レジ変で面白かった〉ね！　すごい変な機械でしたね。あれ絶対ただのレジじゃなかったですよ。おっきいスクリーンみたいなのがあって。なんだったんでしょうね。

〈スキャナーかなあ。X線とか〉え、客をスキャンしてたってことですか？　あ、万引き対策！　それありそうですね。その並行世界治安悪そう～。

いまは何が映ってるかな。

わー、竹だあ。一面の竹林ですね。こっちの世界と全然違う。面白いなー。

〈どんどん変わっていくから飽きない〉〈異世界を覗《のぞ》く窓みたい〉〈ずっと見てたいな〉ね、ほんとですよね……あ！　いいこと考えちゃった！　多田羅さん多田羅さん、このスクランブラーってもう一個作れます？

「作れるよ。何するの？」

一個カメラ買い足して、スクランブラーつけて外に常設しておくんですよ。それ映してるタブレット一枚壁に掛けておいたら、並行世界が見える窓みたいでよくないですか？

「いいじゃん」

やりましょう！　配信の背景に置いといてもいいかもしれませんね。コメントいただいて思いつきました、ありがとうございます。

もうちょっとダイヤル回してみましょうか。思い切ってグッと……。

どうかな？

おおー！　一気に変わりましたね！　見てください、すごいゴツゴツした岩山ですよ。細長くて、向こうの方までいくつもそびえ立ってて……。壮観ですね。日本じゃないみたい。

〈中国っぽい〉〈中国の奥地にこういう地形あるね〉そういえば！　見たことあるかもです。

「こういう地形ってことは地質も変わってるはずだから、この現実からかなり離れた並行世界だな」

さっきの場所特定が得意なリスナーさん、まだ見てくれてるかな。ここまで変わっててもわかります？

〈無茶振りすぎる〉やっぱりそうですかね。でもあの人ならやってくれそうな、謎の信頼感が。あ、書いてくれてる！　えーと、〈これだけだとさすがに無理だけど細かい要素の積み重ねで絞り込めるからマジで油断しない方がいいよ。あと場所特定が得意なやつを信頼しちゃだめ〉ありがとうございます！　気を付けます！

それじゃ、このままスクランブラー強めの設定でのんびり帰りましょうか。皆さんもう少しお付き合いください。この間にチャンネル登録、高評価、通知設定などしていただけると嬉しいでーす。

え、なんですか？

〈なんかいる〉？　〈なんだあれ〉〈でかいのいた〉〈右に何か〉……？

うわ！　やば！　え、え、なんですかあれ。

蛇《へび》？　大蛇《だいじゃ》？

み、見えます？　カメラ振っても先端に辿り着かない……。ええー、どんだけ長いの？

岩山の間を縫《ぬ》うように、浮かんで……え、もしかして飛んでます、あれ？

多田羅さん、なんでしょうあれ。

「わからん……。相当長い、というかでかいな」

ですよね。飛行機くらいの太さがあるように見えます。

「ものすごく長い飛行船か……いや、生きてるなあれ。鱗《うろこ》がある。体内にガスの詰まった気嚢《きのう》とかないとあのサイズで浮くのは無理なんじゃないか」

一応、羽根がありますね。小さいですけど。

「帆船みたいに分割された皮膜《ひまく》が生えてるな。あれで舵取《かじと》りするわけだ」

〈ヤバいもん出てきた〉〈怪獣じゃん〉ほんとですよね。ええー、すごいの見ちゃいました。

どんな顔してるんだろ。あー、岩山消えちゃう。次の並行世界になっちゃう……。

あれ。

まだ見えてません？

いますよね。いま映ってるの、なんか大規模なスクラップ工場みたいな感じですけど、山積みになった廃車の向こうに、いまいた気が。

ほら！　いました！　さっきと同じやつですよね、空飛ぶ大蛇。どういうことなんでしょう。

「並行世界をまたいで存在してるってことか……？」

あ、顔！　とうとう先端に辿り着きました。すごい顔……。深海魚みたいですね。

〈なんかこっち見てない？〉

え、うそ。そう見えるだけ……。

……確かにそう見えますね。目が全部こっち向いてる、気がする……。

こっちガン見したまま飛んでますけど、あの、これあれですかね。どの方向から見ても目が合うようになってる錯視《さくし》のやつ。ありますよね、紙折って作るやつ。

「カマキリの目とかもそういう感じだな」

ですよね、きっとそういう。

……いや絶対こっち見てますよあれ！　どういうことですか？

あ、次の光景に。わあ、ピンク色のきれいな空。何があったらこの時間に空がピンク色になるのかわからないですけど……まだいますね……。

〈近づいてきてないか？〉〈絶対見られてる〉〈どう見ても肉食の顔してる〉やばいやばい。ちょっとダイヤル回しすぎましたかね。逃げた方がよさそうです。もうちょっと地に足の着いた並行世界に戻りましょう。

カチカチッと。

オッケー、空の色も戻って、建物も変だけどさっきよりはマシになって、あの大蛇は……まだいる!!

え、どういうことですかこれ。ついてきてる？

〈ロックオンされてる気がする〉〈ヤバくない？〉さっきよりも近いし！　え、これ、もし追いつかれちゃったらどうなるんですかね。

「こっちの世界に出てくるかもな」

冷静にとんでもないこと言わないでもらえませんか。

え、マジで言ってます？　多田羅さん。画面の中からこっちに出てくるのはさすがにおかしくないですか？

「並行世界を渡ってくるとしたら、画面の中も外も関係ない。カメラはスクランブラーがザッピングする並行世界を映してるだけだから」

ヤバすぎ。スクランブラー切った方がいいですか？

「なんとも言えない。あの蛇がどうやってこっちを知覚してるか不明だから。スクランブラー切ったらそれで大丈夫か、それともこっちが知覚できない状況で一方的に追いかけられる事態になるか」

それだったら一旦切ってみましょう。ちょっと待ってからもう一回つけて、まだ映ってたら切っても無駄ってことになりますよね。

〈かしこい〉〈問題の切り分けができるのえらい〉まあ、賢さで売ってるところありますからね、私。

「そうだったんだ？」

スクランブラー切るので一瞬だけ足元映しますね。

はい、切りました。どのくらい待てばいいかな。十秒くらい？　Ｗｉ－Ｆｉルーターの再起動とかそんな感じですよね。

……いいでしょうか。つけてみます。どうかな。

いるーー!!

しかもなんか口元血まみれになってる！　見てない間に何食べたの!?

〈来てる来てる〉〈ヤバいぞ〉〈逃げてー〉逃げます！　逃げますけど……どこに逃げればいいんでしょう？　家に着いたら安心なのかな。ねえ、どうしよう、多田羅さん。

「帰ろう。家に戻ればなんか対抗手段が用意できると思う」

わかりました。間に合うかなあ。わざわざ遠回りの道選んじゃったのが悔やまれます。

急ぎましょう。ごめん、バンちゃんの歩くペースだと危ないかも。抱っこさせてね。

よいしょっと。走れー！

はあ、はあ。

はあ、はあ。

多田羅さん、大丈夫？

あっ、だ、だめだ。

多田羅さん今にも止まりそう。

「私に……構わず……先に……」

ちょっとカッコいいこと言ってる雰囲気ですけど、ただの運動不足ですからね！

はあ、はあ。ちょっとその、荷物貸してください。

代わりにバンちゃん抱えててください。こっちの方が軽いでしょ。

はあ、はあ。引き離せてるかな。ちょっと映してみますけど。

……だめだー！　めっちゃ追いかけてきてる！

「いいから先に行けって！」

嫌ですよ！　だいたい私だけ帰ってもしょうがないじゃないですか、多田羅さんがいないと何もできないんだから。

「だからって――」

いいから。死ぬときは一緒ですよ。

え、やだ。いま私カッコいいこと言っちゃったかも。恥《は》ずぅ。

「この期《ご》に及んでも図太いね、君」

黙って脚を動かしてください。

はあ、はあ、はあ、はあ。

「はあ……はあ……はあ……ゲホッ」

いやー画面見たくないな。皆さん、今どのくらい近づいてきてます？　怖い怖い。

うわうわうわうわ。近い近い近い。

スーパーに買い物行っただけなのに、生きるか死ぬかの回になっちゃいました。

あーー、やばいかも。ごめんなさい皆さん。私たちが食べられるところを生配信しちゃうかもしれません。

それでBANされたら嫌ですね。死んでも死にきれない。

せめてチャンネルは残ってほしい……。

「うわ、ちょ、何？」

え？　あ、バンちゃん落ちてる！　ヤバいヤバい、拾って！

「違う、自分で飛び降りた！」

自分で？　バンちゃん！　だめだよ！　危ないよ！　すぐそこに……。

あれ……？　止まってる……？

「どうした？」

止まりましたよ、あの大蛇。

〈バンちゃんが止めてる？〉え、ほんとに？　まさかとは思うんですけど。

わ！　バンちゃんが凹《へこ》んだ！

何これ？　何が起こってるの？　バンちゃんが蜂《はち》の巣みたいにボコボコって。

え、画面の中だと違う！　膨らんでる、っていうか尖《とが》ってる？

〈バンちゃんでかくなってる！〉〈トゲ生えてきた？〉ね、大きくなって、ウニみたいに……。

こっちで凹んだ分、向こうで尖ってるってこと？。

「そうか、光子で構成されてるから、並行世界を横断して存在できるんだ」

太い棘《とげ》が分かれて、どんどん細く長くなって……。大蛇が嫌がってるように見えますね。でも大丈夫かな。いくら鋭くても、こんなに細い棘だと折れちゃいそうですよ。

「いや……絶対に折れない。バンちゃんの身体、破壊できないから」

あ、離れた！　ねえ、逃げていきますよ！

すごい！　すごい！　バンちゃんすごいよ！

あー、棘がしゅるしゅる縮んで……元の大きさに戻ってきましたね。

バンちゃーん！　守ってくれたんだ！　ありがとう！

「はあー。こんなことあるんだな」

〈めっちゃハラハラした……〉〈ありがとうバンちゃん！〉〈バンちゃん有能すぎる〉ほんとにそうですよ！　こんなことできるなんて全然知らなかったです。多田羅さんは？

「いや知らない、知らない。びびったわ」

えー、愛想のない子だから懐《なつ》いてくれてないのかと思ってました。嬉しいな。何かご褒美《ほうび》あげたいけど……バンちゃんごはん食べないからなあ。撫でても喜んでる感じしないし、どうしよう。何かいい考えがあったらコメント欄にお願いします！

あ、荷物持ってもらっていいですか、多田羅さん。

「ああ、うん」

はー、疲れた！　走ってめっちゃ汗掻《あせか》いちゃいました。ほんと食べられなくてよかったあ。

リスナーの皆さん、お騒がせしました。ご心配をおかけいたしました。

〈ほんとだよ〉〈どうなることかと思った〉〈無事でよかった……〉いやーほんと、すみませんでした。もうすぐ家ですけど、これ以上の撮れ高が出る気がしないので、今回はこのへんで終わっておきましょうか。疲れたぁ。

皆さんありがとうございました。よかったら高評価、チャンネル登録……あ！　うそ！

「今度は何？」

登録者一〇〇人いってる！　やったー！

「ああ……そう」

ええー嬉しい！　ほら！　ほら！　見て！

「よかったね」

よかったあ。あ、皆さんありがとうございます。ありがとうございます！

ぜひまた見てくださいね！《ときときチャンネル》の、十時さくらとー、

「…………」

…………。

「…………多田羅未貴でした」

よく言えました！　それじゃ、またね！　お疲れさまでしたー！

一〇〇人記念どうしよう、まだ考えてないや。何かやりたい――

［※配信は終了しました］

＃5 【エキゾチック物質雑談してみた】

＃５【エキゾチック物質雑談してみた】

1

はいどーもこんにちは、《ときときチャンネル》のー、十時《とき》さくらです！

そしてー？

「…………」

そしてー？？

「……多田羅未貴《たたらみき》ですけど」

はぁいありがとうございます！　今日は最初から二人で始まります《ときときチャンネル》、配信これで五回目です！　皆さん来てくれて嬉しいです、ありがとうございまーす！

〈多田羅さんいるんだ！〉そうです。いるんです。今日は多田羅さんを部屋から引っ張り出してきて、ご覧の通り、リビングから二人セットでお送りしてます。

〈今日は何するんだろ〉〈前回凄かったたな〉〈またどっか行くの？〉そうそう、あのー、前回、前々回と続けてお出かけだったので——

「前々回は屋内だけだったから、お出かけじゃなくないか」

え、じゃあ、あれ何て言えばいいんですか？

「……お籠《こ》もり？」

うーん……。家の中を延々さまよってたのをお籠もりって言うのもなんか違う気がしますね。

「じゃあまだ人類が知らない概念だ」

諦《あきら》めるの早すぎないですか。あ……コメントでいいのがありましたよ。おうちデート、ですって。そういうことにしておきましょうか。

「ほんとにそんなコメントあったか？」

ありましたよ。

「あったんならいいけどさ」

はい。で、今日は何するかなんですけど——なんと!!

「何いきなり大声出して」

なんとですね！　前回めでたく登録者数が一〇〇人に達しました！　わー！　ぱちぱちぱちぱち！

「あ、そう……」

あっそうじゃないですよ！　もっと喜んでください！

「よかったね。目標達成？」

目標は、収益化に向けて一〇〇〇人です！　だからその十分の一まで来たってことですよ。

人類にとっての偉大な一歩、冥土《めいど》の旅の一里塚《いちりづか》ってとこですね。

「ときどき微妙に古いんだよな、出てくる言葉が」

おばあちゃんっ子だからですかね。あ、ありがとうございます、皆さんのおかげです！

〈一〇〇人おめでとう！〉〈初回からいた俺古参面《こさんづら》できるな〉ありがとうございます、いつも見にきてくれて！〈初見だけどおめ〉初見さんいらっしゃい！　ありがとうございます、よかったらチャンネル登録していってくださいね！〈一休《いっきゅう》さんなのかアームストロング船長なのかはっきりしてほしい〉なつかし！　一休さんむかし図書館で読んだなあ……え、人類にとっての偉大な一歩って一休さんの言葉だったんですか！　知らなかった！

「多分違うんじゃないかな」

吉四六《きっちょむ》さんの方でした？

「何の話してる、いま？」

〈あとたった九〇〇人だからすぐ行きそう〉あはは、まあ道はまだ長いんですけど、これからも頑張っていくので！　引き続きよろしくお願いします！

「いや、実際すぐだと思うよ」

え、どうしたんですかいきなり。

「こういうのだいたい指数関数的に増えるから。ゼロから一〇〇人に到達するまでの時間より、一〇〇人から一〇〇〇人になるまでの時間の方が短いはず」

ほんとですか。調子に乗っちゃいますよ。

「調子に乗ってサボったら鈍化《どんか》するよ、もちろん」

じゃあ多田羅さんもサボらず引き続きよろしくお願いしますということで。

「あ？　ああ……そうなるのか……」

多田羅さんも配信者としてのモチベが高まってきたみたいで嬉しいです。〈苦虫嚙《にがむしか》みつぶしてて草〉ね、脇《わき》が甘いんですよ。かわいいですよね。

「は？」

というわけで！　今回は一〇〇人到達記念で、すーごい普通なんですけど、雑談回とかしてみようかなと。

〈普通だ〉〈普通でびっくりした〉〈逆に？〉そう、逆に。なんか、いつもは雑談とかしてる場合じゃないので。それはそれでいいんですけどね。リスナーの皆さんの感想とか、リクエストとかも教えてほしいですし。あ、質問とかも大丈夫です！　何かあったら――

おっ？

……ピンポン鳴りましたね。

え、どうしよ。配信中なんですけど。

〈大丈夫？〉〈ウーバー頼んだ？〉ないですないです。多田羅さん？

「頼んでない」

〈凸《とつ》された？〉いやいや、そんなまさか。

……また鳴りましたね。ちょっとインターホン出てみます。一瞬ミュートしますね。

……………………。

宅配便でした！　焦《あせ》ったー。前回の配信で住所特定が得意なリスナーさんがいたので、もしかしてって思っちゃいましたね。受け取ってくるので、多田羅さん繋いでてください。

「え、は？　何……？　おい……。

行っちゃったんだが。ええ……。繋いでてって、どうすりゃいいんだ。ミュートでいいじゃん……。コメントでも読めばいいのか？

えー、〈キャー多田羅さーん〉〈こっち向いて〉〈顔がいい〉〈オロオロしててかわいい〉……なに、どういう反応を期待してるの私に。〈もっと罵《のの》ってほしい〉〈この前みたいにインターネットどもって言って〉嫌だよ。〈自覚して、配信者でしょ〉配信者じゃねえっつってんだ。もうミュートしてていい？

〈今日何食べた？〉なんだっけ……。なんか食ったよ。あれ、あのブロック状の。ほらなんつったっけ……プリンがスポンジ状になったみたいなやつ……。

カステラだ。

〈それだけ？〉んー。あと牛乳も飲んだ。

〈小学生みたいな食生活してんな〉小学生そんなカステラ食う？

〈昨日風呂入った？〉…………。いや、入ったわ。入った入った。〈その質問に考え込まないでほしい〉いつ風呂入ったかなんて意識しないだろ。〈風呂はちゃんと入って……〉だから入ってるっての。脳の処理能力を割《さ》いてないだけ。〈生活能力が低いって言われてた意味が理解《わか》ってきた〉失礼な奴らだなほんとに。

〈前回外で声小さかったの笑った〉……ん？　何の話？　〈スーパーに入ったら声が小さかったことじゃない？〉ああ、そうだったの？　普通に喋《しゃべ》ってたよ。音響の問題だろ、マイクのゲインとかノイズリダクションとか。別に外でも普通に喋れるわ。

遅いなあいつ。

〈二人はいつ結婚すんの？〉何言ってんの？　結婚してほしいの、逆に？

……あ、そう。してほしいんだ。

へえー。婚姻《こんいん》制度に夢を見てる人が多いんだな。

〈そもそも付き合ってるってことでいいの？〉定義によるんじゃね。付き合いはそれなりに長い気がするけど、長さも定義次第か。

なんかドタバタしてんなあの子。

〈大丈夫？〉わからん。そんなでかい荷物届くか？

ずるずる引きずってる音がするな。マジ何やってんだ、ちょっと見てくるか――」

多田羅さーん。

「何、どうしたの」

ちょっと手伝ってくれませんか。この箱……。

「そんな重いの？　早く呼べよ。配信なんて待たせときゃいいだろ」

そんなこと言っちゃダメですよ。ていうかこの箱、重いんだかなんだかわかんなくて……。

「重いんだかなんだかわかんないってなんだよ。重いか軽いかしかないだろ」

じゃあ持ってみてくださいよ。

「おお⁉　何これ」

持ち上げられます？

「持ち上げられるけど……気持ち悪いな、どうなってんだこれ。知らん方向に負荷がかかる」

でしょ？　宅配のお姉さんめちゃめちゃ困惑してましたよ。何頼んだんですかいったい。

「私が？」

こんな変なもの通販するの多田羅さんしかいないでしょ。

「君よりは可能性があることは否定しないけど、心当たりないな。とりあえずここ置くよ」

あっ、待って待って。映す前に伝票剝《は》がします。カメラに住所映っちゃったらヤバいので。

「ああ、はいはい」

ヌラリマノレって何ですか？

「ヌラリマノレ？」

品名にそう書いてるんですけど。ぬらりひょんと何か関係ありますかね。

「いや、知らん……。そもそも誰に送られてきたの？　宛名は？」

十時さくら様って書いてありますね。

「じゃあ君宛てじゃないの」

これ多田羅さんの字じゃないですか？

「ええ？　んー……そうか？」

どう見てもそうですよ。なんで自分の字わかんないんですか。

「だって心当たりねえもん。送り主書いてないし」

通販しすぎもそうですけど、通販したもの忘れちゃうのはどうかと思いますよ。送り主、これじゃないですかね。「〃」って、送り主が宛先と同じってことですよね。

「これ書き損じじゃなかったのか。じゃあやっぱり君の荷物じゃん？　どっか出先で自分宛てに発送したんじゃないのか」

いやー、私も心当たりないです。ここしばらく旅行もしてないですし。

あ、ごめんなさいね、皆さん。なんかゴチャついちゃって。〈開けてみたら思い出すんじゃない？〉まあそうですね、開けましょう。カッター取ってくれますか？

「どこ？」

多田羅さんの後ろ、棚にペン立てあるでしょ。

「ああこれ、はい」

ありがとうございます。じゃあビーッと。オープン！

中は……ぐしゃぐしゃにした紙を緩衝材にして……タッパーが六個入ってますね。

「タッパー？　食い物？」

あんまり食べられるようには見えないですけど。入ってるの何だろ、これ……カメラ見えます？

黒っぽい液体と、金色の砂と。これはなんだろ、ミカンの中身バラバラにしたみたいなつぶつぶですね。色は真っ白ですけど。こっちは……鏡？　液体みたいだけどきれいに周りが映り込んでます。これは完全に固まった緑色の寒天《かんてん》みたい。このボソボソしてるのは……真っ青なスポンジ？

〈なんだこれ〉〈クラフト用の素材とか?〉〈開けるの怖いな〉ちょっと躊躇《ためら》いますよね。クラフト素材にしては生《なま》っぽいのもありますし。

リスナーの皆さんにもわかる人いない感じですね。多田羅さんどうですか？

「わからん。持ち上げると変な感じがするのは、この砂みたいなやつだな」

ほんとだ。これ伝わるかなー、あの、普通ものを持つと重さがあるじゃないですか。軽かったり重かったり。でもこのタッパー、その重さの働く方向が変なんですよね。沈むでもなく、浮き上がるでもなく……横に動くわけでもなく……なんか、知らない方向に重さが掛かってるんですよ。不思議な感じ。

〈全然わからん〉ですよねー、ごめんなさい、語彙力《ごいりょく》がなくて。ちゃんと伝えられるようになりたーい！

あれ、箱の底にもう一枚紙が……。説明書だ！　説明書入ってました！　なんか折れてますけど。えーと……？

「なんて書いてる?」

……《わけありエキゾチック物質詰め合わせ六種》……ってなんですかね？

2

「エキゾチック物質？　ちょっと見せて」

はい。

「……ほんとにそう書いてあるな」

なんでしょうか、エキゾチック物質って。外国の食材とかかな。

「いや、そうじゃない。エキゾチック物質は、通常の物質とは違う特性や物性《ぶっせい》を持つ物質のことなんだが……」

通常の物質とは違うって、何がどう違うんですか？

「既存の物理法則に納まらない粒子《りゅうし》だったり、まだ見つかってないけど存在する可能性はある仮説上の物質だったり」

ものすごく珍しいものに聞こえますけど。

「そうだよ」

そんなものがなんでうちに届くんですか。やっぱり多田羅さんが頼んだんでしょ？

「いや頼んでないって。第一どこに頼むんだよ」

どこって、《インターネット3》以外にあります？

「…………」

あ、《インターネット３》っていうのは、多田羅さんがアクセスしてる、高次元の粒子間ネットワークらしいんですけど。これ素《す》で言えるようになってきましたね。

「あれで通販する発想はなかったな。できたらすげえけど」

〈エキゾチック物質のことヌラリマノレって言うの？〉そう書いてありましたもんね。そういう呼び方もあるんですか？

「聞いたことない……あ！　わかった。ヌラリマノレって、〝マテリアル〟か。物質だ物質」

はい？　意味がよく……。

〈そういうことか！〉〈字が汚くてマテリアルがヌラリマノレに読めたってことね〉〈草〉ああー！　やっと理解しました。なんだー、もー。単に読み間違えてただけじゃないですか！　ちゃんと書いてくださいよ、伝票なんですから。

「だから私じゃないって」

〈詰め合わせ六種って何が入ってるの？〉さっきの紙に書いてありましたね。多田羅さん読み上げてくれます？

「負《ふ》の質量ダスト、ワームホール触媒《しょくばい》、エネルギー吸収流体、量子もつれスポンジ、矛盾結晶、超光速ゼリー……よくわからんのもあるな」

逆にわかるやつあるんですか？

「推測はできるよ。名前からすると、多分この緑の寒天が超光速ゼリーだろ」

滑《すべ》らせたりしたらすごく速いのかな。

「ん？」

え？

「あ、違う違う。メチャクチャ速い方の高速じゃなくて、光の速さの方の光速。ファスター・ザン・ライトの超光速」

ねえー、紛《まぎ》らわしい！

「私に言われてもな」

で、何がファスター・ザン・ライトなんですか。

「このゼリーの中を通る光子が光速を超えるんじゃないかな」

ふーん？　あれ、これ透かして見たら、多田羅さんの声と口ずれてる。緑色なのはなんでしょう？

「わからんけど、光子がゼリーの中で超光速に達すると、ゼリーの周りの空間に対して相対的に異なる速度になるから、観測者にとってはドップラーシフトで色が変わって見えるのかも」

えーと、つまり？

「救急車のサイレンが近づいて遠ざかるときに音が変になるだろ、あれがドップラーシフト。光でも同じことが起こる。赤くなったり青くなったり」

でもこれ緑ですけど。

「それはわからん」

他にわかりそうなやつあります？

「この黒い液体がエネルギー吸収流体かなあ。だとしたら多分これ、黒い色がついてるんじゃなくて、光が吸い込まれてるから見えないんだ」

確かに吸い込まれそうなくらい真っ黒ですけど。あれ、タッパー傾けても全然動かないですね。

「重力や慣性も吸収されるからか……いや、待てよ？　おかしいぞ。だったらどうしてここにあるんだ」

どういうことですか？

「この液体が外部から与えられた力を無効化するとしたら、地球の慣性の影響も受けないから自転に置いて行かれて、私たちから見て地球の自転速度と同じ時速一五〇〇キロで吹っ飛んでいくはずだ」

えっ怖《こわ》！

「うわバカ落とすな落とすな」

わっ、たっ、あっぶな。え、でもそれじゃこれ、持ってたらヤバくないですか。

「ていうか本来はそうやって持ってることなんかできないはずなんだが」

〈そんなもん宅配便で送るな〉いや、ほんとそうですよね！　危なすぎる！

「そうなんだよな、そもそも宅配便で運べてるんだよな」

〈わけありだから完璧じゃないんじゃない？〉だって。

「え？　ああ……そう書いてあるな。わけありって」

本来なら多田羅さんの言ったとおりのものだけど、わけありで壊れてるってことでしょうか。

「物性が？　そんなことあるんかね」

〈だから格安だった？〉そもそもいくらで買ったんですか？

「買ってねえんだよ」

〈買ってないのに届くのもわけありだからってこと？〉そこから？　頼んでない通販が届くのってわけありって言うんでしょうか。ていうかそういう詐欺《さぎ》がありますよね、送りつけ詐欺。

〈おうちデートだね〉あれ？　最初の方で読んだコメントがまた？　〈それはそうと雑談どっか行ったな〉〈雑談回じゃなかったっけ〉ああー！　そうじゃん……！

何やってんだー私。荷物届いて完全に頭から飛んでました。ごめんなさい皆さん。

え？　〈雑談してたよ〉？

いつしましたっけ？

〈多田羅さんがしてた〉？？

「君が席外《はず》してたときのことだろ」

あ、なるほど？〈雑談ノルマクリアしたな〉〈雑談ヨシ！〉〈充実した雑談回だった〉〈多田羅さん結構喋ってくれてたよ〉えー、ほんとに？　何喋ってたんですか？

「忘れた」

これですからね。いいや、あとでアーカイブ確認しよ。

「いいよ別に、くだらない話しかしてないんだから」

じゃあ気を取り直して雑談しましょうか。あー、何話そうとしたか完全に忘れちゃった。一応デッキ用意してたはずなのに。

「デッキ？」

トークテーマをいくつか用意しておくのを会話デッキって言うんですよ。カードゲームから来てるんだと思いますけど。山札に積んでおくイメージですね。

「そういうスラングなんだ。面白《おもしろ》」

〈カードゲームやるの？〉やりますよ！　ていうかめっちゃやってました、子供のころ。最近は全然ですけど。多田羅さんが相手してくれないので。

「嫌だよ、全然勝てねえもん」

多田羅さん頭いいのに弱いんですよね、不思議。

「初心者相手に容赦《ようしゃ》なさすぎるんだよ」

〈カードゲーム配信したら伸びそう〉ほんとですか？　今度やってみましょうか、多田羅さん。

「絶対やらねえ」

〈エキゾチック物質を前にして雑談することってあるんだ〉意外とできましたね。わりとちゃんと雑談っぽい気もしますし。〈残りの物質も解説してほしい〉多田羅さん、他のってわかります？

「んー、負の質量ダストが多分これかな」

金色の砂ですね。持つと変な感じがするやつ。これはどういう性質があるんですか？

「負の質量は正《せい》の質量を持つ物質と反発するはず。だから地面に反発して浮き上がったり、周りの物体を押しのけたりするかも」

持ったときに変な感じになったのってそれかあ。

〈本当だとしたらとんでもないのにまあ受け容《い》れてて笑う〉〈ぶつりのほうそくがみだれる！〉〈どういうテンションで見ればいいんだこの配信〉やー、すごいんでしょうけど、あんまり実感がなくて。フワーッと目の前で浮き上がりでもしたら、わーすごい！ってなるんですけど。

「結構すごいよ、言っとくけど」

多田羅さんがすごいって言うならほんとにすごいんですね。でもリスナーの皆さんに伝わらないと、こっちだけで騒《さわ》いでてもなあ。

〈配信に真摯《しんし》すぎる〉〈変なところで真面目なんだよな〉まあね、真面目で売ってるところありますからね、私。

他のは？　他のはどうですか？

「量子もつれスポンジってのが、この青いぼそぼそかな」

確かにスポンジっぽいかもしれませんね。もつれた海藻《かいそう》の塊《かたまり》にも見えます。

「あ、ほら、よく見てみ。カメラにも映るかな」

んーっと？　あれ、なんだか規則正しい形してません？　穴が同じ形っていうか、規則的に並んでる気がします。

「メンガーのスポンジ的なやつだな、フラクタル立体の」

フラクタルって、あの、あれですよね。野菜にもあるやつ。ロマネスコ！

「それ何？」

ロマネスコを、ご存じ、ない！

「知らん……」

ふーん。私、料理して出したことありますけどね。

「え、ほんとに？」

〈あっ〉〈やっちゃったな〉〈手料理憶《おぼ》えてないのはまずいぞ〉

「何、そんなもん出たことあったっけ」

色が薄くて尖《とが》ってるブロッコリーみたいなの、憶えてませんか？

「色が薄くて……あー、あの黄緑色のやつか」

それです。ていうか私それで憶えたんですよ、フラクタルって。多田羅さんが教えてくれたから。

「教えたかもなぁ。ごめん忘れてたわ」

腹が立ちますね。こっちは真剣に話を聞いてるのに。

「**それで憶えててくれたんだ。えらいな、君は**――」

くっ……！　そんな低い声で言ってもごまかされませんからね！

「**そうかい？**」

や……やめろー！

はぁ、はぁ。すみません取り乱しました。

〈多田羅さんやば〉〈過去一《かこいち》いい声だった〉そうなんですよ……。この人その気になったらめちゃめちゃいい声出せるんですよ。〈たらし込みにかかってて草〉そう！　たち悪いんですよね、都合が悪くなるとこうやって。

「ロマネスコっていうんだっけ、あれはわかりやすくフラクタルだな」

同じ図形を永遠と繰り返すやつですよね。

「延々と、な」

ん？　永遠と？

「最近の子、その言い方するよな」

なんか間違ってます？

「〝延々と〟を〝永遠と〟って言うの、言い間違いだろ」

ええ？　そうなんですか？　だって意味的には合ってますよ。

合っててもむずむずするんだよ。

〈わかる〉〈俺もだめ〉〈どうしても気になるよな〉え、え、ほんとですか。うーん。私は永遠の方に慣れちゃってて、延々って言われてもピンと来ないなあ。

〈永遠派です〉〈延々って言いにくいしずっと続いていく感じが薄い〉そうそう、私もそれ！

実際フラクタルって同じ形が永遠に続くんですよね？

「まあ、そう」

じゃあやっぱり、「永遠と」の方が相応《ふさわ》しくありません？

「一理《いちり》はあるが感覚の問題だからなあ。私はちょっと使えない」

決裂《けつれつ》ですね。もうロマネスコ買ってあげません。

「いいけど、それくらい」

え。

「思い出したんだけど、あれそんなおいしかったっけ？」

ひどくないですか⁉　人の手料理になんてことを。

「作った君が言ってたんだよ、形は面白いけどブロッコリーの方が好きかもって」

……そうだった気もしますね。

〈良くも悪くも癖がない味なんだよな、ロマネスコ〉〈ロマネスコ、形のインパクトに味が負けがち〉ああー、そういう話をした記憶があります、そういえば！

「調理方法にもよるのかもしれないけどな」

〈カリフラワー系の野菜そういうとこあるよね〉確かに……。

「だからなんかまた作ってよ。ロマネスコに再挑戦してもいいし」

いいですけどー。なんか丸め込まれた気がしますね。

何の話してましたっけ。

「このスポンジがフラクタル立体だって話」

そうでした。で、えーと……それが意味するところは？

「わからんけど。この物質が量子もつれスポンジとやらだとしたら……、その前に量子もつれから説明した方がいい感じ？」

はい。

3

「二つの粒子があるとする。仮にAとBとしようか」

AさんとBさん、はい。

「この二つに量子もつれの関係ができると、遠く離れていても、お互いの情報が伝わるんだ。たとえばAを地球に置いたまま、Bを月に持っていって、Aの状態が変わると、同時にBの状態も変わる」

地球のAさんが笑ったら、月のBさんにも伝わって笑っちゃう？

「独特の喩《たと》えだけどまあそんな感じ」

ふーん、つまりそれは……どういう意味があるんでしょう？

「どんなに遠く離れていても瞬時に情報が伝わるってことはつまり、超光速通信ができるって

こと。この世で一番速いのは光だけど、その光も宇宙のスケールだと遅すぎる。一番近い天体である月までだって、光の速度で片道一・三秒かかるんだ。だけど、量子もつれ状態にある二つの粒子を地球と月に置いておけば、その時差がゼロになる。どんなに遠い星でもリアルタイムに通信できるわけ」

ほへー。じゃあ……じゃあですよ、私と多田羅さんが量子もつれ状態になったとしたらですけど。

「〝君と私が量子もつれ状態になったとしたら？？？〟」

そうです。二人でもつれにもつれたら、お互い宇宙のどこにいても、リアルタイムで繋がることができるってことですか？

「まあ……そうなるかな」

えー、それってなんか……すごくないですか？

「すごいんだけど、すごさを感じるポイントがずれてる気もするな」

〈めちゃめちゃすごい〉〈ロマンチックじゃん〉〈愛だな〉ね、遠く離れてても距離なんか関係ないんですもんね。やば、感動しちゃいました。

「これそういう話だった?」

〈スポンジ状なのはなんか意味あるの?〉ですって。

「この形状に意味があるかって?　んー……」

　地球と月で同時に食器洗ったりするんですかね。

「スポンジだからってそんな……あ、待てよ。ちょっとわかったかもしれん」

　ほんとですか。何を洗うためなんでしょう?

「洗うためじゃねえよ。推測だけど、多分これ量子コンピュータの回路とかに使えるんじゃないかな。で、フラクタル状ってことは、どこを切り取っても全体との相似形ってことだ。どんなに小さなかけらでも、フラクタルは保たれる。つまり、同一の回路ということになる」

　永遠と同じ形が続く、ってことですね。

「……。つまりだ、たとえば……私が宇宙を遠くまで探査したいとしたら、ロケットにこのスポンジを乗せて打ち上げて送り出す。で、道々ちょっとずつスポンジを切り取ってばらまいていく。ごく一部、ほんのちょっとでいい。スポンジをばらまきながらロケットが進んでいくと、何光年、何百光年、何万光年も進むにつれて……」

　そのばらまいたかけらが全部、量子もつれで繋がってるってことですか?

「そう!　完全に同期した、天文学的なサイズの量子コンピュータができあがる。しかもこのコンピュータは、ばらまいたスポンジのかけら周辺の情報を全部リアルタイムで得られる。このロケットを四方八方、手当たり次第に送り出せば……とんでもない規模の情報網だ。ダイソンスフィアなんか目じゃない、最終的には宇宙と同じサイズの、遅延なしの演算装置になる……！」

興奮してますね、多田羅さん。

「興奮するだろ、これは」

でもわけありなんですよね、これ。

「……あ？」

わけあり量子もつれなんですよね。何がわけありなんでしょう。

「……どうだろうな。この紙なんも書いてねえし。役に立たねー」

とにかくすごい可能性を感じているということは理解しました。

あと二つ残ってますけど、どっちがどっちかわかります？　白いミカンの粒《つぶ》と、鏡みたいな液体。

「矛盾結晶とワームホール触媒か。さっぱりわかんないな。ワームホール触媒は名前からしてワームホールを開いたり維持するために使えるんだろうが、矛盾結晶なんて聞いたこともないし、どういう物質なのか見当も付かない」

思い切って開けてみます？　このタッパー。

「そうだな……あ、いや、ちょい待て」

え、なんですか急に立ち上がって。

「待ってろ。すぐ戻る」

あ、はい……。

「開けるなよ！　そのままにしとけよ」

はあ。

なんだろ。自分の部屋に行っちゃいましたけど。

〈多田羅さんやっぱ背高いな〉〈立つと画角《がかく》に納まらない多田羅さん〉そうなんですよね。実はいつも、カメラワークで密《ひそ》かに苦労してるんですよ。今回みたいに座ってたら大丈夫なんですけどね。立ってると常に見上げてなきゃならなくて首が疲れます。向こうは向こうで、「君と長く話してると首が痛くなる」ってぼやいてますから、お互いさまではあるんですけど。

〈何センチくらいあるんだろ〉百七十九って言ってました。自己申告。あと一センチで百八十なのを惜《お》しいと言うべきか、これ以上育ちたくないゆえのあがきと言うべきか、難しいところですね。猫背だし。しゃんとしてっていつも言ってるのに。

〈身長差何センチ？〉三十五センチくらい～！　百四十五なので。ちっちぇーんですよ私。

あれ、バンちゃん。どうしたの？　様子見に来たの～？

あ、初見の方もいますよね。この子はバンちゃん、バンダースナッチのバンちゃんです。説明が難しいんですけど、うちで飼ってる時間の塊です。見た目は琥珀糖《こはくとう》みたいですけど。

そう、前回！　バンちゃん大活躍だったんですよ！　外ロケの練習兼ねて近所のお散歩しにいったら、並行世界のでっかい魚？　大蛇《だいじゃ》？　みたいなのに追っかけられて！　もうだめだ追いつかれるってところで、バンちゃんがトゲトゲになって守ってくれたんです。〈よくわかんないけどすごそう〉〈あれすごかった〉〈めっちゃヒヤヒヤした〉ね、ほーんとそう！　アーカイブで見られるんで、よかったら後で見てくださいね！

んー？　何が気になるのかなー？

これね、さっき届いたんだよ。あ、だめだめ、食べものじゃないからね。

たぶん。

〈バンちゃんってもの食べるんだっけ？〉食べないんですよ、なんにも。無理なんじゃないかな。〈口ないしな〉口がないのもそうなんですけど、バンちゃんの中身とこの世界って完全に切り離されてるらしいんですよね。だからこっちの世界から何かエネルギーになるものをバンちゃんの体内に送り込むことがそもそもできないんだと思います。

〈バンちゃんのガワはこっちの世界に属してるんだっけ？〉そうなんだと思います。だから、太陽電池パネルじゃないけど、どうにかしてエネルギー受け取ってる、のかなあ。じゃないと死んじゃいますもんね。

あ、戻ってきました。なんか持ってますけど。

おかえりなさい。座るとき足元コードあるから気を付けてね。

「うん」

なんですかそれ。

「ガイガーカウンター」

放射線測るやつでしたっけ？　なんでそんなものを？

「エキゾチック物質から放射線出てないか調べる。ちょっと離れて」

いまさらぁ⁉

ちょっと、そんな危険があるんだったらもっと早く言ってくださいよ！　めちゃくちゃ触《さわ》っちゃったじゃないですか！

「いや、念のため。大丈夫だと思うけど」

なんでそんなこと言えるんですか。

「カメラの画面きれいだろ。放射線バリバリ出てたらもっとノイズだらけになる……よし、大丈夫だな。もういいよ」

〈よかったけど怖い〉〈焦ったー〉ほんとに！　マジで焦りましたよ！　勘弁してください。

じゃあ、大丈夫なら、開けてみます？

「そうだな……。有毒ガスとか発生してる可能性も考えたけど、だったらもっと気密性の高い容器に入れるよな。タッパーだもんな」

うちで使ってるのと同じですよこれ。

「開けるか。とりあえず量子もつれスポンジを……」

オープン！

おおー。

「なんの〝おおー〟？」

開いたなあって。

「普通に開いたな。変な匂いもしないし。あ、直接は触るなよ。毒かもしれない」

もしかして食べるとか思われてます？　そんななんでも口に入れないですよ。

「触れただけで命に関わるような化学物質もあるからな？　エキゾチック物質の毒性なんて何もわかってないんだから」

せめてカメラに近付けましょう。見えるかな？　どうですか、皆さん。生《なま》フラクタルですよ、生フラクタル。

〈見えた！〉〈メンガーのスポンジって実物こんな感じなんだ〉〈ほんとに自己相似形だすげえ〉これ他に何かできないかなあ。

「何かって？」

宇宙規模のやつって配信じゃなかなか伝わらないじゃないですか。そうだなあ、たとえば、【エキゾチック物質のスポンジでお皿洗ってみた】とか、そういう……。

「君すごいね」

え、そうですか？　えへへ。照れますね。

「今のはそんなに褒《ほ》めてない」

なんだ。

じゃあ次のも開けてみましょう。皆さんどれが見たいですか？

わ、急にコメント速《はや》……。

え、なになに、どうなってるのこれ？　すごい勢いでコメント付いてるんですけど。

「んん？　回線詰まってたのが流れてきたとかじゃないの」

や、なんか様子おかしいですよ。〈ヤバいヤバい〉〈逃げて！〉〈大丈夫か？〉〈死んでない？〉〈これ助かってないと思う〉〈配信切れてないの？〉〈通報したほうがいいかも〉〈嘘でしょ〉〈家からも見える〉〈なんてことしたんだよ〉〈馬鹿なことしたな……〉〈こんなことになるなんて〉……読み切れない！　なんかしちゃいましたか私!?

「コメント読む限り、私たち死んだっぽいな」

生きてますけど。

「……いったん置こう。持ってるそれ、手を離して」

はい。置きました。

あ、コメント遅くなってきましたね。

〈あれ？〉〈何だったんだ今の〉〈自分がコメントしてた気がする〉〈打ってないコメント流れた〉〈乗っ取られた？〉〈ハッキング？〉……え、皆さんが書き込んだわけじゃないんですか？

わけわかんないですね。これ何が起こってるんだろう。

「ちょっとこれ……これ以上触らない方がいいかもしれない」

どういうことですか？

「今のコメント、別のタッパーを開けようとしたら流れてきただろ。多分あれ、未来のコメントじゃないかな」

未来の？

「負の質量とか、超光速とかで、この近辺の時間まわりが不安定になってるんだと思う。どれ開けようとした、今？」

これですね。矛盾結晶ってやつです。

「……やめよう。全部しまって、片付けて、今日の配信は終わりだ」

え、まだよくわからないんですけど。

「それ開けてたら多分なんかえらいことになって、二人とも死んでたんだよ。さっきのはその分岐《ぶんき》した未来からコメントが流れてきたんだ」

危なかったってことですか？

「コメントに助けられたな」

ええー！　ありがとうございます皆さん！　おかげで助かりました！

〈いいよ〉〈まだコメントしてないけどいいよ〉〈よかった（未来形）〉〈運命回避ヨシ！〉〈感謝される覚えはないぜ（本当にない）〉私も特に実感はないんですけど、未来のリスナーさん、ありがとうございました！　いや、待って。ていうか、そんな危険なもの誰が送ってきたんだって話になりません？　テロですよねもう。

「ずっと考えてたんだけどさ、私かもしれない」

やっぱり！　とうとう白状しましたね。そもそも伝票の字が完全に多田羅さんでしたもん。

なんで送った！　吐けー！

「いや、違う。まだ送ってない。これから送るんだ」

意味がよく。

「何も書いてない伝票あっただろ、君がヤフオクでなんか売ったときの余り。一枚ちょうだい」

ありますけど。ちょっと待ってね……はい、これです。

「で、私がこれに書き込む。送り先がうちで、発送元が同上、品名にマテリアルって書いてと」

やっぱりヌラリマノレとしか読めないですね。せめて送り先の宛名自分の名前にしてくれません？　なんで十時さくら宛てなんですか。

「だってここ君の家じゃん」

私たちの家ですよ。世帯主の名義は私ですけど。

「入ってた説明書戻して。タッパーも元通りに入れよう」

元通りにですか？　どういう順番で入ってたか思い出せないんですけど。

「適当に入れれば自然に元通りになってるよ。上閉じて、押さえてるからガムテで留めて」

よいしょ、よいしょ。これでいいですか？

「あとは集荷依頼して持ってってもらえばＯＫ。お疲れさま」

……え、何やらされたんですか今。

「これから送るこの荷物が、中身のどれかのせいか、相互作用でかわからんけど、過去に着くんだと思う。この配信が開始して数分後の時点に」

つまり、荷物だけタイムリープするってことですか？

「そう。ワームホール触媒とか負の質量ダストとかが怪しいな」

ん？　んん？　多田羅さんがここから送って、さっき私が受け取って、それをまた多田羅さんが送って……無限ループになりますよね？　じゃあ、最初にこの荷物はどこから出てきたんですか？

「わからん」

わからんの？　ほんとに？

「実際頼んでないからな。無から現れて、閉じた時間の環を作ったとしか言いようがない」

どうですかね。《インターネット3》をいじくり回してるうちに、変なとこ押して知らないうちに注文しちゃったんじゃないんですか。

「いやー……」

〈未来の多田羅さんが注文するんじゃない？〉〈並行世界の多田羅さんとか〉そうか、そういう可能性もありますよね。これから気を付けてくださいよ。

「はいはい、わかったわかった」

ほんとにわかってるのかな。疑わしいですね。

〈忘れないうちに集荷依頼して〉あ、そうでした。ありがとうございます。アプリでできるの便利ですよね。

これでよしと。多分またあの配達員のお姉さんにお世話になると思うんですけど、もう一回困惑させちゃいそうですね。

〈発送中の事故とか大丈夫なんだろうか〉確かに？

「それは心配しなくていいと思う。過去に無事到着することが確定してるから」

なーんかインチキされてる感が拭《ぬぐ》えないんですよね。あの入ってた紙、一応印刷したやつだったじゃないですか。ろくに情報書いてなかったですけど、多田羅さんあんな紙作らないですよね。

「作らん」

やっぱり《インターネット3》に謎の通販ショップがある説。わけありエキゾチック物質詰め合わせとか、いかにも多田羅さん注文しそうだし。

「それは否定できない」

でしょー？　あんな危険なもの送りつけてくるなんて悪質ですよ。やっぱり詐欺じゃないのかな。

「お金も払ってないのに？」

そういうのが一番危ないんですよ。無料を謳《うた》って近づいてくるやつが。実際死ぬところだったっぽいし、何か盗《と》ろうとしてたのかもしれないじゃないですか。インターネットに悪意があるのと同じように、《インターネット3》にも危険があることを想定しないとダメですよ、多田羅さん。

「え、私怒られてる？　なんもしてないんだけど」

日頃の行いです。

「ええ……」

〈雑談回でこんな危険にさらされることあるんだ〉いやほんと、そうですよ。もっとのんびりした回にするつもりだったんですけど。変な荷物が届いたばっかりに。ごめんなさいほんと。

〈なんだかんだで結構雑談してたんじゃない？〉そうですか？　結局デッキ使いませんでしたけど……。

〈してた気もする〉〈わりと雑談回だった〉あ、よかったぁ。看板に偽《いつわ》りありにならなくて。エキゾチック物質も面白かったし。皆さんのおかげで突然の死も回避できました。有意義な回でしたね。

〈お、おう〉〈はい……有意義でした……〉おかしいな。なんで口ごもってるんですかね。〈相変わらずどういう感情で見ればいいかわからんチャンネルだ〉いやいやまあ、難しいこと考えずに気楽に見ていただければそれで。〈気楽に見れる内容じゃないと思うんですがそれは〉えー、それはそれで、ドキドキわくわくして見ていただければと……。

あ、集荷来ました！　早い！

じゃ、ちょっと早いですけど今回は終わりにしますね！　改めて、チャンネル登録一〇〇人ありがとうございます！　これからもよろしくお願いしまーす！

《ときときチャンネル》の一、十時さくらとー？

「……多田羅未貴でした」

またねー！

……ん？　それ何ですか？　大事そうにしまってますけど。

「量子もつれスポンジ。ひとつまみだけもらっといた」

は⁉　全部送ったんじゃなかったんですか⁉

「フラクタル立体、無限の表面積があるから大丈夫。実質無料」

その理屈合ってるのかなあ……？？？

［※配信は終了しました］

＃6　【登録者数完全破壊してみた】

＃６【登録者数完全破壊してみた】

1

はーいどうもー！　皆さんこんにちは～！

《ときときチャンネル》の～、十時《とき》さくらです！

こんにちはー、あ、こんにちはー。どもども。イェイイェイ。

今日も配信に来てくださってありがとうございます！

〈テンション高いな〉高いですよ、今日は。高くなくてもアゲていきますから。〈なんかいいことあったの？〉ありました、ありました。もう知ってる人もいると思うんですけど――

〈ちょっとバズってたね〉〈登録者めっちゃ増えてない？〉そうなんですよ！　前回の配信の後で、紹介記事書いてくれた方がいて！　それが話題になって、チャンネル登録者数ドカッと増えたんです！

今、えーと……四二〇人。四二〇人ですよ！　ずっと一桁二桁《けた》増えたり減ったりで一喜《いっき》一憂《いちゆう》してたのに、前回の一〇〇人から一気に三〇〇人以上増えちゃった！

〈やったじゃん〉やりました！　別に私が何かしたわけじゃないですけど。とはいえ嬉しいですよね。配信とかアーカイブとか見てくれるだけでも嬉しいのに、記事書いていただけるとか、びっくりでした。

わざわざ紹介記事書くのって、なんていうか、すごい労力ですよね！　労力っていうと変かもしれませんけど。でもそうじゃないですか。配信見て、好きになってくれるだけじゃなくて、それを他の人にも伝えようって思ってくれるのって、すごいことですよ。ありがてー！

あ、〈その記事読んでチャンネル登録しました〉……ありがとうございます！　〈アーカイブ全部見ました〉やったー！　ありがとうございます！

いやーほんと、感謝しかないですね。ありがとうしか言えないです。語彙力《ごいりよく》なくなるー。もともとないですけど！　見てくれてますかね、記事書いてくれた方。ほんとありがとうございます。

多田羅《たたら》さーん。まだですかー？

…………。

返事ないですね。多田羅さーん！　みんな待ってますよ。はーやーくー！

「……わかったわかった、うるさいな」

はーい出てきました。自己紹介どうぞ！

「多田羅未貴《みき》です……」

まあいいでしょう。というわけで今日も二人でやっていきます、《ときときチャンネル》第六回の配信です！　よろしくお願いしまーす。

〈多田羅さんテンション低《ひく》〉〈寝起き？〉〈寝癖《ねぐせ》すご〉ほんとですね。寝てました？

「寝てたけど君の声がでかくて起きた」

私の声がよすぎて起きちゃったらしいです。照れますね。

「言ってねえよ」

記事読みました？

「いや……」

なんで読んでないんですか、送ったのに。

〈ごめんまだ読んでない〉〈バズってるの知らなかった〉ですよね！　そういう方もいっぱいいると思います。せっかくだからみんなで記事読んでみましょうか。

「君さあ、私とインターネットに対する態度違いすぎないか？」

多田羅さんはインターネットと同じ扱いがいいんですか？

「そう言われるとメチャクチャ嫌だな」

じゃあ問題ないですね。えーと、これこれ。いまＵＲＬ貼りますね。

はいこれです。見えますか？　ページ開けてます？

オッケー、大丈夫そうですね。

そうー、すごい褒《ほ》めてくれてるんですよ。〝注目の新人ストリーマーランキング十人〟の二位ですもんね。

〝一見、女性二人組によるサイエンス系解説配信に見えるかもしれない。そう思って見ていると、予想もしなかった展開に驚かされるだろう〟ですって。皆さん驚いてくれてますか？〈予想できるか！〉〈毎回驚いてるよ〉わ、よかったー。〈二位なんだ〉〈一位じゃなくて逆にビビる〉ねー、どうせなら一位になりたかったな！〈次は一位獲ろうぜ〉そうですね！　次は……次ってなんでしょうね。「注目の新人ランキング」って二回載れるのかな。

どう思います？　多田羅さん。

「え？　悪い、聞いてなかった」

ねえー、ちょっと！　配信してるんですよ？　さっさと目を覚ましてください。

続き読みますね。〝SF映画から飛び出してきたかのような不思議なガジェットが持ち出され、当たり前のようにとんでもないヴィジュアルが披露される。次から次へとシームレスに並行世界を移動したり、家の中を無限に続く迷宮にしたり――〟あ、これ全部アーカイブで見られますので、未見の人は後でぜひ見てくださいね！

〝動画ならわかるが、こうした映像をリアルタイムの配信で破綻《はたん》なく見せるのはとんでもない技術力だ。大手の企業でもここまでの映像技術を持っているところはなかなかない。筆者も当初は企業所属の配信者かと思って調べたが、どうやら本当に個人で活動しているらしい。テック系の人気配信者は何人かいるが、突如現れた《ときときチャンネル》は、その中でも大注目の超新星だ〟！

フフーン。気持ちいいですね、こんなに褒められてると。

〈べた褒《ぼ》めじゃん〉〈いいぞ〉〈調子に乗ってけー〉乗りますよ～！　こういうときは遠慮しないです、私。せっかく持ち上げてくれてるんだから、こっちも上がっていかないとかえって悪いですよね。

「超新星だと爆発しちゃうな」

え？

「超新星、星が爆発してぶっ壊れる最後の輝きだから。比喩《ひゆ》が間違ってると思う」

ぶっ壊れるのは困りますね。や、でも、いいじゃないですか。上等ですよ。そのくらいの気合でやってやりましょうよ。

〈草〉〈爆発炎上しちゃうじゃん〉あー……炎上は嫌なので、ほどほどの気合でやってやりましょう。そういう感じでよろしくお願いします。

「いいけど、この記事の書き方だと、映像加工技術がすごいと思われてるんじゃないか」

それはまあ、しょうがないんじゃないですか。映像でそう見せてるんじゃなくて、本当にやってるんですけどね。

「君、意外とそういうところドライだよな」

多田羅さんのすごさを皆さんに見てほしいから、悔《くや》しくはありますけども。悩ましいところです。

〈いま来た、今日はみんなで紹介記事読む配信なの？〉いらっしゃーい。や、これはもともと

予定してなかったんですよ。今日はですね……、

ん？

なんですか？　さっきからもぞもぞして。落ち着かないですね。どうかしました？

「髪がさ……」

ああ、寝癖ですか？　ちょっと……手、下ろしてください。貸して。やってあげますから。手櫛《てぐし》ですけど。

ごめんなさい皆さん、お見苦しいところを。

ねえ、ほんとに。人前でこんなにもじゃもじゃして。困っちゃいますね。

「ほっとけ。もじゃもじゃは生まれつきだよ」

それならもう少し髪の扱いが身についててもよさそうですけど。

〈毛繕《けづくろ》いしてる？〉〈何見せられてるんだこれ〉毛繕い配信になっちゃいましたね。猿かよって。

「配信でやることか、これ」

配信前に身だしなみを整えてくるべきでしたね。

「いい、もういい」

よくないでしょ、まだ寝癖残ってますよ。

「いいって。恥《は》ずくなってきた」

多田羅さんが恥《はじ》というものを知っていることを確認できてよかったです。

「なんだと思ってるんだよ、私を」

〈評価のハードル低すぎん？〉〈辛辣《しんらつ》で草〉まあね、辛辣さでやっていってるところはありますから、私。

なんでしたっけ。あ、そうそう。今日何やるつもりだったかというとですね。

耐久配信！　というものをやってみようかと思うんですよ。毛繕いしながら喋《しゃべ》りますけど。

そう、耐久です。〇〇《まるまる》するまで配信終われないやつです。

今チャンネル登録者数が四二〇人なんですけど、これが五〇〇人に達するまで終われません！

「あとたった八〇人？　すぐ行くんじゃない、そんなの。目標一〇〇〇人とか言ってなかったっけ」

多田羅さん。甘く見てますね、チャンネル登録を。

何万人も登録者数がいるトップレベルの配信者さんなら一瞬ですけど、私たちみたいなペーペーの新人にとって八〇人はとんでもない数ですよ。記事で紹介してもらって一気に増えましたけど、あれはいわばボーナスタイムであって、このペースがコンスタントに続くわけないんです。まして配信中に登録してもらうには、その時間に見てもらってないと話にならないわけですよ。いま見てくれてるリスナーさんはもう登録してくれる人が多いと考えたら……どうですか、そう簡単なことじゃないと思いませんか？

なんで身を引いてるんですか。

「いや……なんか早口で怖かったから」

とにかく！　私たちの規模だと五〇〇人でも結構な目標ってことですよ。

〈確かに〉〈もう登録しちゃってるからなあ〉ありがとうございます！　まだ登録してないよーって皆さんは、ぜひこの機会に！　登録！　お願いします！

あ、増えた！　一人二人……三人……四人！

ありがとうございます！　これで四二四人です！　やったー！

ね、わかったでしょ？　リアルタイムで興味を持って見てくれてるリスナーさんが何十人もいても、新しい登録者数はこのペースでしか増えないわけです。

「ふーん。そういうもんか」

そういうもんなんです！

というわけで、えーとテロップどれだっけ……これだ！　デン！《チャンネル登録者数五〇〇人いくまで終われない耐久配信企画》、イェーイ！

「そのまんますぎない、企画名」

わかりやすい方がいいんですよ、こういうのは。

〈耐久って何するのかわかってない〉耐久配信というのは、基本的には目標達成するまで終われないってだけなんですけど。難しいゲームクリアするまでとか、クイズに全問正解するまでとか。最初に決めた回数だけ筋トレする、みたいなのもありますね。登録者数が目標ですから、ただ雑談してたっていいんですけど、ほら前回も雑談回だったじゃないですか。雑談が二回続くのもなあと思って、考えました。

「何するの」

それがこれです。デン！　《五〇〇人に達するまで、多田羅さんの部屋から出て行きません!!》

「……は？」

考えたんですよ。多田羅さんに当事者意識を持ってもらうにはどうすればいいか。二人で配信してるのに、なかなか他人事《ひとごと》感が抜けないのをなんとかしようと思って。

「それは君の配信だから……」

お忘れかもしれませんが、私とあなたの生活費を稼《かせ》ぐために始めた配信ですからね。

「………」

はい。おわかりいただけたようで何よりです。

〈論破した〉〈つよい〉そうですよ。強くないとやってられませんからね。

まあそれだけじゃなくて、多田羅さんの持ってるネタをあらいざらい見せてもらおうと、皆さんにすごさを知ってもらおうと、そういう発想から始まった配信でもあるので。いわば原点回帰ですよ。第一回からそうだったでしょ？

こうやってリビングで二人並んで配信するのも楽しいですけど、多田羅さんの部屋をまだ全然掘ってないなと。だったら耐久配信にして、この機会にガサ入れをすればいいんじゃないかと思ったんですよ。

そんな難しい顔しなくて大丈夫ですよ。簡単ですって。登録者数がドカンと増えるような、なんかすごいものを見せてくれればいいんです。

というわけで！　早速多田羅さんの部屋に行きましょ～！

「マジかよ」

カメラ設置し直すので一旦蓋絵《ふたえ》してミュートしますね。数分お待ちください！

多田羅さんはその間に映っちゃまずいもの、恥ずかしいものを隠してくださいね。

「ねえよそんなもん！」

2

はーいお待たせしました！　戻ってまいりました。

〈おかえりー〉ただいまでーす。ごめんなさい、手間取っちゃって。

カメラ設置し直すって言ったじゃないですか。ダメでしたね。置ける場所がなかったです。

ほら。

……ね？

〈変な機械とか段ボールとかめちゃくちゃ積み上がってるな〉〈崩れそう〉〈前に見たときより散らかってない？〉そう見えますよね。ほんと、どうやったらここまでものが増やせるんでしょうか。

でもですね、本人の弁によると、汚部屋《おべや》ではないそうです。

「違うだろ、どう見ても」

そうですかね。

「ちゃんと秩序があるんだって。絶妙なバランスで保たれてるんだから、あんまりそのへん触《さわ》るなよ」

ちょっと触れただけで崩壊しそうな生態系を部屋の中に作り出さないでほしいですね。

「私の部屋なんだから勝手だろ」

私とあなたの家なんですからね。まあいいですけど。

こんな感じで、カメラの置き場所がないので手持ちで撮影させてもらいます。ごめんなさい、なるべく揺らさないようにするので！

それじゃ早速どうぞ。

「はい？」

なんか面白いことやってください。

「最悪のフリだなおい」

…………。

「え、本気？」

さすがに冗談です。もしかすると何かやってくれるかなと思ったのは確かですけど。

「悪い冗談やめてくれ。こっちは寝起きなんだぞ」

そろそろ目を覚ましてもいいころだと思いますよ。

〈多田羅さん焦ってるのかわいい〉リスナーの皆さんもわかってくれてますね。

「インターネットどもがよ……」

真面目な話、チャンネル登録耐久配信なので。リスナーさんが登録してくれるようなことをしなきゃならないんですよ。そのためにわざわざ多田羅さんの部屋に来たわけで。

〈今日はバンちゃんいないの？〉いますよ！　ほら、ここ。

壁際を行ったり来たりしてますね。バンちゃーん。元気ー？

反応ないですね。いつも通りです。

あ、初見の方に向けて説明しますと、この脚の生《は》えた結晶みたいな子は、うちで飼ってる時間で、バンダースナッチのバンちゃんです！　うちに来たいきさつは、過去の配信で見られるので、そちらもぜひ見てくださいね！

あ、登録者数増えた！　やったーありがとうございます！

いま四二八人。すごい！　バンちゃんが出ただけで四人も登録してくれましたよ。

〈やっぱりペットチャンネルって数字出るんだな〉そういうことなんですかねえ。バンちゃん、割と塩対応の方だと思うんですけど。

犬や猫みたいに愛想なくても意外といけるってことですかね。あーでも、そうか。考えてみたら、蛇《へび》とか魚とか飼ってる人気チャンネルいっぱいありますもんね。珍しい生き物が映ってたらそれだけで需要があるのか。なるほどなー。

〈多田羅さんも無愛想《ぶあいそ》なのに人気だしな〉確かにぃ！　多田羅さん、愛想ないどころかインターネットを憎《にく》んでますもんね。

「別に憎んでないが」

え、でもいつも。

「興味ないだけだよ。憎むほどの熱意もない」

〈多田羅さんはそこがいいんだよ〉〈インターネットに理解のある多田羅さんは解釈違い〉〈リスナーに優しさを向けないでほしい〉なるほどぉ。多田羅さんがズケズケものを言うの私ひやひやしてたんですけど、むしろそっちの方が需要ある……？

「どうかしてるんじゃないかこいつら」

〈多田羅さんがインターネットしてたら登録解除します〉解除しないで！　大変だ。多田羅さん、一生インターネットしないでくださいね。

「わかった、もう二度と配信やりたくないってなったらインターネットするわ」

え！　やめてやめて。

「私がインターネットするだけで活動終わらせられるならメチャクチャ簡単じゃん。めんどくさくなったらそれで全部終わらせようぜ」

回線抜いておきますね。

「私は困らないけど」

うぬぬ……。

〈多田羅さんどうやって３繋いでるの？〉３？　あ、《インターネット３》のことですね。《インターネット３》ってのは、多田羅さんが普段ずっと見てる、高次元の粒子《りゅうし》間ネットワークのことなんですけど。言ってる私が意味わかってるのかっていうと、まあ正直わかってないです。何をどうやって繋いでるんですか？

「結構インチキなことやってるんだけど。説明するとややこしいし長いよ」

受けて立とうじゃないですか。

「何なの、君の挑戦的な姿勢は。難しい話で登録者数減るかもよ」

うっ……、いや、大丈夫です。リスナーさんを信じましょう。

「あそう、じゃあいいけど。そもそも《インターネット3》って、私たち人間には接続はおろか観測もできないわけだよ。我々の認識できる次元を超えた場所で通信してるから」

高次元のネットワークって、そういうことですか。

「そう。縦横高《たてよこたか》さに時間を足した四次元時空からは見えない、もっと違う軸の上にある。だから本来、私たちはその存在すら認識できない」

じゃあどうやって存在を知ったんですか、そもそも？

「最初は偶然だった。まず、自分で量子コンピュータ作ったんだけど。これね」

え？　冷蔵庫じゃなくて？

「もとは冷蔵庫だよ。量子ビットを極低温《きょくていおん》で冷やさなきゃならないから、中古の冷蔵庫買って改造した」

これが？　コンピュータ？　ほんとに？　ダクトテープでグルグル巻きになってて、廃棄されたやつにしか見えないんですけど。

「開いたら困るからな」

〈うちの山にこういうの捨てられてて死体入ってた〉ええー！　大ごとじゃないですか。え、じっさい一人二人入っててもおかしくないサイズですけど……入ってないですよね？

「入ってるわけねえだろ、何言ってんだ」

〈開けるまで中身が確定してないとしたら死体もワンチャンあり得る〉

「量子コンピュータってそういうもんじゃねえよ」

〈電気代すごそう〉〈一般家庭で量子コンピュータの電力まかなえるの？〉え、ちょっと見過ごせないコメントなんですけど。どうなんですか電気代。

「こっちはこっちで自前で発電してるから。つかこんなもん普通の家の電源じゃ動かないよ」

それならいいんですけど……発電してるって初耳ですね。それ他の家電にも使えるんですか？

「変圧器噛《か》ませばいけるよ」

後でちょっと相談させてください。で、えーと、その量子コンピュータがどうしたんでしたっけ。

「量子通信の実験してたんだよ。量子テレポーテーションの仕組みを作って……前に説明した量子もつれって憶《おぼ》えてる？」

えーと、もつれた二つの何かをどれだけ遠く引き離しても情報が共有できるってやつですよね。

「憶えてるねえ。それそれ。その二つの間で共有される情報を変えながら実験してたんだよ。

送信側でAという状態を作ったら、ちゃんと受信側もAになるか、じゃあBならどうだろう、Cにしたら、Zにしたら……みたいな感じで。実際にはもっと複雑な情報を送受信してたんだけど」

ふんふん。送った情報がちゃんと受信できるか確かめてたんですね。そして?

「送信内容をランダムに変えながら試行してたら、急に送ってない情報がドカッと流れてきたんだよ。当然、何かバグったと思ってやり直したけど、何回やってもそうなる。しかも、受信する内容が毎回違う。意味わかんなくて調べてたら、知らないネットワークに接続してるっぽいことがだんだんわかってきた。送信した情報が、ほんとにたまたま、そのネットワークの量子鍵と、情報をリクエストするコマンドのセットだったんだと思う」

じゃあ、最初はほんとに偶然だったんですね。

「地球にそんな量子通信のネットワークなんて存在しないから、この時点で、人間の使ってるネットワークじゃないことは明らかだった。何度も試行して、送信した情報のどこまでが鍵で、どこからがコマンドかは判明した。あとは数をこなせばいい。量子コンピュータをぶん回していれば、何百万回に一回は、何かの情報が返ってくる」

人間のじゃないネットだったら、情報が返ってきても読めなくないですか?

「実際、ほとんどの場合は読めない。でも情報を取ってきたらあとは暗号解読と同じ。量子コンピュータって暗号が一番得意だからさ、数学とかキーにして解読して、自動翻訳にかけてれば、断片的にでも読める部分が出てくる。もちろん翻訳の間違いはあるだろうけど、技術情報だったら、あとはこっちで試行錯誤できる」

　はー、そうやって取ってきた情報を元に色々作ってたんですね。

　どうですか、皆さん。付いてきてくれてます？

〈力業《ちからわざ》すぎて笑う〉〈暗号通貨のマイニングみたいな？〉〈ブルートフォースじゃん〉ブルートフォースってなんでしたっけ。強そうですけど。

「総当たり攻撃」

　あ、なるほど。

〈思った以上にガッツリ不正アクセスしてた〉〈そんなことしてたらアクセス遮断されない？〉ですって。

「その可能性はあると思って、最初はおっかなびっくりだったんだが」

　だが？

「たぶん流れてる情報量が桁違いすぎて、私のアクセスなんか気付かれないレベルだと思う。高次元間のネットワークって言ったのは、ちょっとリクエストのコマンドを変えたら受信量が桁違いに跳ね上がったところから推測したんだけど。インターネットの通信から何ビットか抜けてもパケットロスとしか思われないし、パスワードや決算情報とかクリティカルじゃなければ問題にされないだろ」

　そうかなあ。何かのタイミングでヤバい情報に触っちゃったりしません？

「その可能性はある」

ヤバぁ。

「だから遮断されたときに備えて、別の量子鍵も探した。二つ見つけたよ」

通報した方がいいかもしれないですね、この人。

〈多田羅さん……信じてたのに……〉〈草〉〈通報先どこになるんだ〉どこでしょう……宇宙の警察とか……？

「登録者数減ったんじゃない？」

ハッ⁉　いや……増えてました！　いま四三五人、ありがとうございます！

「嘘だろ、絶対減ると思った。インターネット、三行以上読まねえやつしかいねえから」

舐《な》めすぎじゃないですか、インターネットを。

〈多田羅さん、炎上系配信者の素質はあるよな〉嫌だあー！　炎上したくない！　あの、皆さん！　私たち地球の法律には違反してませんからね！

「ははは」

何笑ってるんですか。そのうち宇宙警察から宇宙刑事が来るかもしれませんよ。

「来てほしいな。会ってみたい」

これですからね。〈マッドサイエンティストっぽいと思ってたらしっかりマッドだった〉私としては生活能力のない天才科学者の域に留《とど》めておきたいんですけど……。

「でもさあ。科学の何がマッドで何がそうでないかって誰が決めるのさ」

はい？

「たとえば地球人、いまも宇宙にむかってバリバリ電波発信してるけど、よその星の住人からしたらそれがすごい迷惑行為になってる可能性もあるだろ。電磁波で攻撃されたと見なす種族だっているかもしれない。ただ探査してるつもりでも、あっちの受け止め方は全然違うってこともあり得るだろ。同じように、私が《インターネット3》にアクセスしてるのも、人間のアナロジーで見ているだけで、本当は見当違いなのかもしれない」

屁理屈やめてくださーい。

「実際、わかりやすいように不正アクセスの体《てい》で説明したけど、起きてる現象としては、量子コンピュータいじってたら何かが返ってきて、解読したら未知の技術情報が出てきたってだけなんだよ。だから――」

あっ、登録者数減ってる！　三人も……！

「え、そうなの？　なんで？」

リスナーさんは説明は聞いてくれるけど、うだうだした言い訳は聞きたくないってことだと思いますね。

「見解の相違《そうい》だな。私は言い訳する必要を微塵《みじん》も感じてない」

まあ、宇宙警察に逮捕されたら面会には行ってあげますよ。そんなことより！　ちょっと、どうするんですか、登録者数増やしたいって言ってるのに！

3

「よくわかんねえんだけど、こういうのって増えたり減ったり、じりじり微増しながら目標に到達するのが定番とかなの？」

定番なんてないですよ！　増えたり減ったりとか、そんな焦《じ》らしは求めてないんです。増えるだけでいいの！　もうー、どうしてくれるんですかほんとに。責任取ってください。

「つってもなあ。面白いこととかできないよ、私」

多田羅さんが面白くなくても作ったものは面白いでしょ。

「え」

え？

「私が面白くなくても……か」

え、なんか落ち込んでます？

〈ショック受けてて草〉〈ズバッと言ったなあ〉いや！　そういう意味じゃなくてですね！　多田羅さんが面白くないって意味じゃないですよ、別にトークで摑まなくても技術があるでしょって話で……。

「いや、別にいいんだけどさ。でもなんかな……はっきり言われると、ちょっとな……」

あっウザ！　これわざとやってるでしょ。いいからなんか発明品とか見せてください。充分おもしれー女ですよ、多田羅さんは。

「はいはい……発明品かあ。見せられるようなもんあったかな」

このへんに転がってるのだいたい多田羅さんが作ったやつでしょ？

「んー、ゴミも多いよ」

この絶妙なバランスで保たれている秩序とやらの中身はゴミばっかりだと？

「失敗作とか、手は付けたけど途中のやつとか」

あー、うちのお父さんも同じようなこと言って、プラモの箱死ぬほど積んでましたね。〈プラモ作るの？〉私は全然。子供のころは、お父さんの作ったやつを触って壊してばっかりでしたね。〈お手つきわかる、思いついて作り始めるけど途中で手が止まっちゃうんだよな〉えー、せっかく作り始めたのにもったいないですか。最後まで作ればいいのに。

「そういうもんじゃないんだ。やってる途中で悩んで保留して、考えてる間に別のアイデアを思いついてそっちに気を取られて……」

そうやって保留中になったやつがどんだけあるんですか。完成品見せてくださいよ。

「基本そういうのばっかりだよ。うーん……これとかどう？」

なんですかこれ。上がちょっと凹《へこ》んだ、ウエハースくらいのガラスの塊《かたまり》ですけど。箸置《はしお》きかな？　それにしては大きいか。

「サイボーグ化キット。生体をサイボーグ化できるツール」

……え、すごくないですか。サイボーグって、あの、人造人間的なやつですよね。

「それはアンドロイドかな。サイボーグは身体の機能を人工物に置き換えたやつ」

ええー！　やっぱりすごいのがあるじゃないですか！

ということは、これ私に使えばサイボーグになっちゃうってこと？　ヤバぁ！

〈いきなりすごくない？〉〈ほんとに？〉〈どうやって使うのそれ〉気になりますよね！　教えてください、多田羅さん！

「まず生体の含まれる水をこの上面に垂らして……」

ん？

「人工部品の材料としてセラミックや金属の分子を入れてやって、日なたに置いておけば太陽光のエネルギーで自動的にサイボーグ化される」

ちょちょちょ、ちょっと待ってください。生体の含まれる水って、どういうことですか。たとえば私をサイボーグ化するってなったら、えーと。

「君はこの機械の上に載らないから無理じゃない？」

私もそう思ったんですけど。え、じゃあ、人間とかには使えないってことですよね。何をサイボーグにするんですか。

「ボルボックスとミジンコは成功した」

微生物‼

サイボーグっていうから人間だと思ったのに。

「そんなこと一言も言ってないし」

〈多田羅さんミジンコのサイボーグ作ったの？〉

「作ったよ。一部が機械に置き換わってた。しばらく生きてたけどそのうち動かなくなってたから、寿命は延びないみたいだな」

せめて画像とか残ってないですか。

「ほら」

お！　どれどれ、見えますか、皆さん。これがサイボーグミジンコだそうです。

〈どこが変わってるのかわからん〉〈どこがどう？〉うん……ミジンコですね。普通の。

「内臓のこのへんとか」

普通のと色とか形とか違うんですか。

「いや、ほとんど変わらなかったな。本来のパーツがそのまま置き換わっただけだし」

……見応《みごた》えがない!!

「知らないよ。見たがったの君の方だろ」

すごい……すごいのかもしれないけど、う～～ん。地味なんですよね。

「登録者数増えた？」

あ、増えましたね。一人……二人。ありがとうございます。

〈テンション下がってて笑う〉いやいや！　そんなことないですよ！　登録ありがとうございます！〈ミジンコをサイボーグにして意味あるのか〉ですよねえ。どういうつもりで作ったんですか。単に興味があって？

「これだからインターネットはどうしようもねえな。これうまく制御できたら、既存の微生物をテンプレートにしたナノボットとか作り放題だろ」

ナノボットとは。

「ちっちぇーロボット。肉眼で見えないくらいの」

へえー。ちっちゃいだけあって名前もかわいいですね。ナノボットくん。でもそんなちっちゃいロボット、使い道あるんですか？

「任意の化学物質抱かせて血管に送り込むとか。医療にも兵器にも使えるんじゃない？」

えっ怖《こわ》。あんまり可愛げなかったですね。ねえ、兵器なんか作らないでください。物騒だし、捕まっちゃう。

「そっち方面は興味ないから心配しなくていいよ」

信じますよ？　深掘りするともっと怖くなりそうなので、気を取り直して次行きましょう！

他に何かないですか？

「えー、じゃあこれとか」

ちょっと！　言ってるそばからやめてください！

これ私も知ってますよ、手榴弾《しゅりゅうだん》でしょ！　ゲームで見たことある！

「あ？　ああ、そういえばそうも見えるな」

〝そうも見える〟ってレベルじゃないでしょこれ⁉　丸いのの上になんか取っ手みたいなのが

ついてて……これピンみたいなの引っこ抜いて投げるんでしょ？　知ってますよ！

「落ち着けって。殺傷力《さつしょうりょく》ないから」

殺傷力⁉

「持ってみろよ、ほら」

ひえっ！

……あ、あれ？　軽い……。ガシャポンのカプセルくらいの重さしかないや。

ご、ごめんなさい皆さん。大丈夫みたいです。

〈まあ本物だとは思わなかったけど〉〈色とか違うからね〉〈手榴弾より声のデカさにビビった〉わー、ごめんなさい！　いや、でもびっくりするでしょこれは。〈ゲームどんなのやるの〉〈FPSやる？〉FPSってあの銃で撃ち合うやつですよね。や、正直自分ではあんまりやったことないんですけど、他の配信者さんのゲーム実況、わりと見てたので。そのうち自分でもやってみたいとは思ってますね。何の話でしたっけ⁉　違う、ゲームの話じゃなくて、なんなんですかこれ。

「なんだろ、テラフォーミング爆弾とでも言えばいいのかな」

やっぱり爆弾じゃん⁉

「君がそう言ってたからネーミングに借りただけだよ。実際投げて使うこともできるだろうし」

本来はどう使うものなんですか。

「想定してたのは、ピンを抜いてそこに置いておくってだけだった。ほら、あれ……そういう殺虫剤があるだろ。煙が吹き出すやつ」

バルサンですか？

「そうそう。あんな感じで、使うと周囲をテラフォーミングしてくれる」

テラフォーミングって？

「地球化。人間の住めない惑星の環境をいじって、大気の組成《そせい》とか、植生とかを地球に近づけて人間が入植できるようにするってアイデア。つまりよその星でこいつを使えば、周囲の環境を地球化できる」

え、じゃあ、これを月とかで使うと人が住めるようになっちゃうってことですか？　めちゃめちゃすごくないですか、それ。

「さすがに月は難しいわ、重力が違いすぎるし大気がないもん。使えてせいぜい火星かな」

〈それでもすごくない？〉ですよね⁉　世界変えちゃうじゃないですか、こんなの。

「規模がね」

規模？

「こいつ小さいからさ、見た目通りバルサンとか手榴弾程度の効果範囲しかないんだ。火星でこれ一個爆発しても、周囲数十メートルの大気の組成が一瞬地球に近づくだけで、すぐ周りの環境で薄められて元通り、なんも意味ない」

あー。数を相当用意しないとだめってことですか。

「数もそうだし、一個一個の威力もだな。水爆レベルのやつを惑星全土に何十年単位でぶち込み続けてようやくってとこだと思う」

〈ヤバすぎ〉〈戦争じゃん〉……そうですよね、聞いてて怖いんですけど。

「惑星に住んでる生き物がいたら攻撃としか思わないだろうな。実際、その星のもともとの環境はめちゃくちゃに破壊されるわけだし」

念のため聞きますけど、その水爆レベルのやつは作ってないですよね？

「ないよ。使うアテないもん」

〈使うアテあったら作るのか……〉言い回しに一抹《いちまつ》の不安が残りますよね……。これ間違ってそのへんで使ったらどうなるんですか。

「そのへんって？　地球上でってこと？」

はい。何でしたっけ、そのテラフォーミング？　を地球でやったらどうなるのかなって。だって、もともと地球化されてるわけじゃないですか。

「地球だからね」

ですよね。その地球をさらに地球化したらどうなるんですか？

「どうもならないよ。地球環境下で使っても、周りの環境と同じだもん。せいぜい観光地で売ってる〝空気の缶詰《かんづめ》〟くらいの意味しかない」

うっかり爆発させちゃっても心配はないってことですね。よかったあ……。

あ、質問来てますね。〈これもインターネット３で拾った技術なんだよね？　最初から地球の環境でテラフォーミングする道具だったの？〉

「いい質問。もともとのレシピはそうじゃなかった。デフォで入ってたのは地球とはまったく違って、気化した鉄とチタンが含まれる超高温の環境だった。気圧もすごくて、地球上で再現したら、それこそ大爆発が起こるレベル」

怖！

「だからそこはオミットして、地球環境で置き換えたらテラフォーミングツールができたから、こうやって使うもんだったのかと納得したんだよ」

〈それ、テラフォーミング用じゃなくてほんとに兵器だったんじゃ〉って言われてますけど。

「可能性はある。ただ、兵器かそうじゃないか区別する意味はないかも。さっきも話したとおり、他の惑星へのテラフォーミング自体が攻撃に等しいから」

ねえー、そんな怖いもの家の中でいじくり回さないでほしいんですけど。

「そこは大丈夫、安全なサンドボックス作っていじってるから」

本当かなあ……。

「登録者数増えた？」

あ！　五人増えました！　やったー！　これで今、四三九人！　あと六一人です！　ありがとうございます！

「まどろっこしいな」

え？

「もっとこう、ドカッと増えないかな。数人単位の増減で一喜一憂してるの馬鹿らしくない？」

そりゃドカッと増えるに越したことはないですけど。そんなうまい話はないからこうやって頑張ってるわけで……。

〈多田羅さん怒ってる？〉〈おこなの？〉〈ギスってきた？〉え、怒ってます？　ほんとに？　あの、多田羅さんの発明品のおかげでチャンネルに興味を持ってくれる人が増えてるんですから、感謝してるんですよ？

「いや、そういう話じゃなくてさ。私が作ったもんちまちま紹介して登録してもらうより、もっと何かやりようがある気がしてきた」

いい考えがあるなら聞かせてほしいですけど。

「そうだなあ……そもそもこの〝登録者数〟って、何なの？」

はい？　それは……この《ときときチャンネル》に興味を持ってくれた皆さんが、この一回だけじゃなくて、次の配信もまた見たい！　と思って登録してくれた数字ですね。その合計人数が登録者数です。

「継続的に関心を持ち続けている視聴者の人数だと。なるほど。それを増やすことで、どんな利益がある？」

そこからですか？　そうですね、配信してる私たちにとっては、視聴者人気や期待の高さを見ることのできるいちばんわかりやすい数値ですし、一〇〇〇人に到達したらチャンネル収益化のラインですし。あとは、私から言うのもなんですけど、視聴者さんも登録者数増えると喜んでくれるんですよね。私もよそのチャンネルに推《お》してる配信者さんがいるのでわかります。

あ、訊かれる前に言っときますけど、名前は出さないですよ、ご迷惑かかっちゃいますから！

「視聴者が喜ぶっていうのはどうして？」

自分が応援してるチャンネルの登録者数が増えて、目に見えて人気が出てくると嬉しいんですよ。ね、そうですよね？

〈それ〉〈わかる〉〈メジャーになったら後方腕組み古参面《こさんづら》できる〉あはは。ですよね、私もそうなりますもん。〈数字ばっかり見て野生のプロデューサーになるバケモンもいるけどね……〉

あー、あるあるですね。皆さんはそうならないでいただいて。腕組みだけに留めておいてください。

〈何？　わからん単語が多かった。後方……〉

あ、えっと、後方腕組みなんちゃらってのはですね……推しがまだほとんど知られてない初期からずっと応援してて、ついに大きい箱でライブすることになったとするじゃないですか。

「は？　私らライブするの？」

あ、いや、アイドルとか歌い手さんを想定して話してました。たとえ話です、たとえ話。で、すごいメジャーになった推しがきらびやかなステージの上で歌ってるとして、この古参のファンは、最前列に行かないんですよ。会場の一番後ろ、暗い壁際で腕組みして、ステージ上の推しを遠くから眺めながら、デカくなったな……俺は知ってるぜ、おまえがこの舞台に立つまでどれだけ努力してきたのか……と理解者面して頷くんです。これが〝後方腕組み古参面〟という概念ですね。

わあー。多田羅さんが見たことない顔してる。

あの、伝わりました……？　私の言いたいこと。

「寝起きに聞かされる話としては胸焼けがするけど、なんかの寓話《ぐうわ》だということはわかった。野生のなんたらってのは？」

ダークサイドに落ちたファンです。登録者数とか同時接続者数って人気の指標としては確かに大事なんですけど、たまに視聴者さんの中に、配信者本人よりこの数字を重視しちゃう人が現れるんですよ。おまえはもっともっとメジャーになれるポテンシャルがある、なのにどうしてもっと努力しないんだ！　流行《はや》ってるゲームを実況しろ！　数字持ってる配信者に絡《から》め！コラボしろ！　って要求して、推しがそれに従わないと、おまえのためを思って言ってるのにやる気あるのか！　って怒り出すんです。

これが〝野生のプロデューサー〟です。善意のつもりで粘着《ねんちゃく》するので単に悪口を言うアンチより ずっと厄介《やっかい》で、この手のファンに嫌気が差して活動をやめる配信者も少なくないですね。ファンだったはずなのに、誰よりも推しを苦しめるようになった哀しきモンスターです。

話聞きながらずっとすごい顔してますが、ど、どう思われましたか。

「なあ、私がマッドだとかなんとか言ってくれるけど、そっちの方がよっぽどイカれてるよな」

返す言葉もございません。

……あ、登録者数四五〇人……。一気に一一人も増えてる。ありがとうございます、なんですけどぉ。私がオタク語りしてるときが一番伸びるってどうなんですか⁉

「よかったじゃん。もう君だけでよくない？」

ダメ！　多田羅さんと一緒にやるんです。ていうか私ひとりじゃ絶対もちませんよ。

〈めちゃめちゃ信頼できるオタクだった〉〈推し語り聞きたくなりました〉ありがとうございますぅ。そういう配信じゃないんですよぉ。

なんにしても、あと五〇人です！　このペースなら、朝になる前に達成できるかも！

「え、朝までやるつもりだったの？」

そのつもりでしたよ。

「私の部屋で？　ええー、せいぜい二、三時間だと思ってた」

多田羅さんがいかに面白いものを見せてくれるかに掛かってますね。大丈夫ですよ、おかげで同接《どうせつ》も増えてますし。あ、同接は同時接続数のことです。

「いや、やっぱまどろっこしいわ。方法を変えよう」

どうするんです？　もっとやりようがあるかもとか、さっきも言ってましたけど。

「この登録者数って、別に五〇〇を超えてもいいんだよな？」

お、強気ですね。もちろんいいですよ。もともと目標は一〇〇〇人でしたし、多ければ多いほどいいです。

「わかった。数を増やす方法いくつか思いついたから、できるか試してみるか」

4

試すって、どうやってですか？

「まず考えたのは、量子化。みんな大好きなやつ。登録者数を観測できなくして、蓋《ふた》を開けてみないと数がわからなくする。で、しばらくして開けてみる」

それって、どうなるんです？　ただ隠してるだけじゃないんですか？

「誰にも見られないように隠してる間は、あらゆる数字の可能性が重ね合わせ状態になってる。そこからうまくデカい数字を抜いてくればいい。もちろん普通はできないよ、そんなこと。ラプラスの悪魔が必要だから」

どちらさま？

「ランダムな中から特定の数値を拾ってくれる悪魔を仮定して……そういう考え方があるんだよ。後方腕組みなんたらと同じような、概念を説明する言葉」

ははあ。その悪魔さんは実在しないんですよね？

「普通はね。で、次に考えたのが、塵《ちり》理論。イーガンの考えたやつ」

どちらさま？

「グレッグ・イーガン。オーストラリアのＳＦ作家。この理論は、充分な長さの乱数列があれば、すべての数の組み合わせはその中に含まれてるから、あらゆる計算結果は既《すで》に答えが出てるって考え。これによって、本来なら計算にとんでもない時間が掛かるようなものすごく重いシミュレーションも可能になるって理屈なんだけど」

なんか、騙《だま》されてません？　よくわかんないけど、そんなうまくいかない気がするなあ。

「普通はね。それから――」

あの、多田羅さん。その前に一つ質問が。

「はい、なに？」

聞いてると、登録者数を増やす方法じゃなくて、数そのものをいじくろうとしてません？

「そうだけど？」

そうだけどって！　思ってたのとなんか違ーう！

「数が増えればいいんだろ」

実態が伴《ともな》ってなければ意味ないんですよ。見てくれる人がいないのに、表示される数字だけ増えたって虚《むな》しいだけじゃないですか！

「そんなケチなことしないよ。数字だけじゃなくて、数字の増加に伴って実際の登録者を増やすって話」

理屈がわかんないんですけど。

「登録者が増えれば数字が増えるよな。この原因と結果が逆転すると、どうなる？」

え……？　原因と結果が逆だから……数字が増えたら登録者が増える……？

「そう。未来の情報を送って、過去を書き換えるってこと」

　嘘だあー。

　さすがにそんなことできないでしょ。数字どころか時間をいじくらなきゃならないじゃないですか。どう思います、皆さん？

〈りくつはわかった〉〈完全に理解した〉〈まあいま既に時間飼ってるしな〉ちょっとー⁉　リスナーさんの方が私より順応してません？

　わかりましたよ、聞かせてもらおうじゃないですか。どうやって未来から過去を書き換えるのか。

「これも量子もつれを使う。もつれたAとBはどんなに距離が離れてても情報を共有できるってのはもうわかってると思うけど——」

　はい。復習しましたからね。

「距離と時間は実は同じものとして扱えるって話は憶えてる？」

　前に聞いた気がします。え？　ということは……。もつれたAとBは、距離だけじゃなくて、どんなに時間が離れててもつながってるってこと……ですか？

「そういうこと。やるじゃん」

　え？　へへぇ。

　ンジッ。失礼しました。突然褒《ほ》められたからつい。褒めるときは予告していただけると助かります。

「ああ、はい。でだ、データを送受信する機能を持つAとBを作って、Aを未来に置けばいい。これは簡単」

とても簡単には思えないんですけど。

「だって、もうあるもん」

ある？

何が？　どこに？

「前の配信で、なんか届いただろ」

エキゾチック物質でしたっけ、謎の詰め合わせが届きましたね。

「返品する前に、量子もつれスポンジちょっとだけ摘《つ》まんどいたから、あれを使ってとりあえず簡単な送受信機を一個作ったんだよ」

ああー！　そういえば盗《と》ってました！　どうするんだろうと思ってたら。

でも一個だけじゃ成立しなくないですか？

「だからもう一個を未来に作る」

未来って、いつですか？

「明日かもしれないし、十年後かもしれない。わからんけど、間違いなく作る。それで未来のA、過去のBのセットになったトランシーバーができる。というか、できることになる。というか、できた」

時制もよくわかんなくなってますけど、多田羅さんができたっていうならできるんでしょうね。ほんとかな。

それで、何個かアイデア出てきましたけど、どれをどう使って数字を増やすんですか？

「これな、全部使っちゃう」

ぜんぶ？

「量子数学と、塵理論と、量子もつれトランシーバー。組み合わせると、まず――」

わっ⁉　いきなり登録者数見えなくなっちゃった。

え、皆さん見えてますか？　いま何人になってます？

〈見えない〉〈こっちも見えなくなった〉〈なんかぼやけてるな〉〈目がおかしくなったのかと思った〉ええー、じゃあ私だけじゃないんだ。

「登録者数が量子化したんだ」

つまり、えーと……いまこの配信を何人が見てくれてるのかわからなくなった、ってことで合ってますか？

「ちょっと違う。『何人が見ている可能性もある』ようになってるんだ」

五〇〇人かもしれないし、一〇〇〇人かもしれない？

「そう。ゼロ人かもしれないし、一億人かもしれない。もちろんいろんな可能性の中でも、あり得そうな数とそうじゃない数で濃淡があるけど」

どうやったんですか、これ。見てましたけど、多田羅さん別に何もしてなかったですよね？

「未来の私がどうにかしたんだろうな。特定の数値をピンポイントで量子化する技術を開発し

て」

ほへー。ここからどうなるんでしょうか。

「量子化されたこの数に合致するような登録者数を、充分に長い乱数から取ってきて照合して、あり得る数値の中で高めの可能性を探索しながら収束していく」

わ、だんだん浮かび上がってきた！

……え、桁数大きくないですか？　五〇〇とか一〇〇〇とかの長さじゃないですよ、この数字。

〈来た！〉〈ほんとだ！〉〈確率が収束してるってこと？〉〈こんな感じなんだ……〉〈無事増えてたらここでコメント打ってる人数も一気に増えるの？〉どうなるんでしょう、ドキドキしますね。わ、どんどん浮かび上がってきて……出ました！

「さあ、どうなったかな」

…………？

「…………？」

えっと、なんかすごい数字出てきましたけど。

この記号、なんて読むんですか？　点が三つあるやつ。

「∵《ゆえに》、かな」

登録者数、「＋ぬ＝E100（∵＾2000）ぁ！」……っていくつ？

ていうか、これ、そもそも数字なの……？

〈なんだこれ〉〈文字化《ば》け？〉〈なんて読むの？〉なんでしょうね、数式みたいに見えなくもないですけど。わかりますか、多田羅さん。

「わからんけど、巨大数の表記みたいにも見えるな」

巨大数？　おっきい数って意味で合ってます？

「メチャクチャでかい数。変な表記が結構あって、しかも新作がどんどん出るから私も全然知らないんだが」

数に新作って概念あるんですね。これがいくつくらいを表してるのかとかは……。

「わからん。あるいは単純に文字化けかも」

えー、どうしましょう。数字がバグっちゃったら耐久配信成り立たないですよ。〈多田羅さん登録者数壊しちゃった〉〈あーあ〉〈これずっとこのままなの？〉それだと困っちゃいますね。

「いや、待て、これ見覚えないか」

はい？　さすがにないですよ、こんな変な――

「頭についてる〝＋ぬ〟だよ」

ぬ？　ぬ……。

あ！　うそ！　もしかして⁉

「じゃないか？」

〈マジか！〉〈＋ぬ来た？〉〈あー、前に来てたあれ⁉〉え、だったらすごいんですけど！〈何言ってんだか全然わからん〉〈何の話してるの⁇〉あ、そうですよね！　説明しておきますと、前に配信したとき、「＋ぬ」って人？　人って言っていいのかな、リスナーさんが現れたことがあったんですよ。同接の数字の末尾に追加される形で。

そう、そのときちょっと話しかけられたんですよね。何言ってるのかイマイチわからなかったんですけど。なんでしたっけ、憶えてます？

「初見ですとかコメントしてたな」

そうでしたそうでした。で、多分このリスナーさん、《インターネット3》から見に来てくれたんじゃないかって話してたんですよ。

〈え、宇宙人ってこと？〉えーと……、

「どこか遠くの、高次元時空の住人なんじゃないかとは思う」

だそうです。

〈高次元人にしてはコメントの内容普通すぎて笑う〉や－、やっぱ高次元の人でも挨拶は同じような感じなんじゃないですか。

「それか、こっちに合わせて喋ってたかだな」

相手に合わせて喋ることができるって、その時点で結構人間ができてますよね。人間じゃないか。多田羅さんも最初のころは全然ダメでしたもん。

「なんで急に私を刺したの？」

今は違いますよ！　だいぶ合わせてくれるようになりました。大丈夫です。

〈前はもっと尖《とが》ってたんだ？〉そうですね、ちょっと人前に出せない感じでしたね。そのころと比べると成長してくれて。

「私のことはいいんだよ。リスナーの方を向いたら？」

おおお。すごい正論言われちゃいました。おっしゃるとおりです。

えっと……＋ぬさん、そこにいますか？

…………。

「…………」

いたらコメントしてもらえたら――

《これはけっこうマジなんですが、コミュニケーションの基本は「対話」「チャンネルの確立」「信頼の醸成《じょうせい》」。一番の秘訣《ひけつ》はプロフの最後に書きました》

はい？？？？？

ちょ、ちょっと面食らっちゃいました。えーと、コメントありがとうございます……？

〈今の何⁉〉〈どっから聞こえた今の〉〈いきなりなんか言ってきたんだが〉そう、前回もこんな感じでした。どこからともなく何か言われるんですよね。耳で聞いてるのか、心の声みたいなやつかわからないんですけど。

《厳しいことを言います。本当の危険を知らない人が多すぎる。今の世の中、最新のテクノロジーをキャッチアップしていかないのは死人と同じ。本気で結果を出したい人だけ、僕をフォローしてください！》

あっ……はい……。

多田羅さん……。

「そんな救いを求める顔で見ないでくれ」

だって……。〈これスパムじゃね？〉〈なんか売りつけようとしてないかこいつ〉ねえ、なんかそんな感じが……。

《誤解を与えたとしたら申し訳ない。騙すような意図はなかったんだが、まあ意図的な報道があったんだろうと思いますけれども。国民の誤解を招いたことについて、真摯《しんし》に反省している》

これ……素直に受け取っていいんでしょうか。なんか今ひとつ信用できないんですけど。どっかで聞いたようなことばっかり言ってますよ。

「そうなの？」

多田羅さんも聞いたことあるんじゃないですか？

「いや、全然わからん。なんか不自然だとは感じるけど」

うそぉ。

〈多田羅さんインターネット見てないから知らないんじゃない？〉あっ⁉　そういうこと⁉

「どういうこと？」

思い返すと前回の＋ぬさんの言葉も、なんか違和感があったんですよ。違和感というか、既視感というか。インターネットで見たことのあるスパムや構文を真似してるんだ！

「へえ。てことは、こっちの言語をサンプリングしてるんだな」

《Exactly《イグザクトリー》（その通りでございます）》

「だってさ」

〈ネットミームで喋ってくる高次元人嫌だな〉嫌かどうかはまあ人それぞれでしょうけど、予想しなかったですね。〈＋ぬ、どうして来たんだろ〉それ訊きたいです！　＋ぬさん、この配信どうやって見つけたんですか？

《数億年ぶりにちょっかい出した　かわいい♥》

えーと？　微妙に答えになってない気がしますけど、かわいいから見てくれたってことでしょうか。ありがとうございます！

「そうなの？」

《貴様が仆を呼んてくれたカら來ましレた。各界人士に注目されていゑ！》

注目されてるみたいですよ。え、でも、呼んだから来た？　呼びましたっけ？

《「トランスディメンショナルセキュリティ確保のためのセキュリティ検証の手引き」の策定にあたって：任意次元とフィジカル空間の高度な融合に伴い、フィジカル空間に点在する知性がトランスディメンショナル攻撃の新たな対象となるリスクが顕在化《けんざいか》している。知性のセキュリティを脅《おびや》かす事例は多く発生しており、利用者に被害を与えるだけでなく、知性を介してネットワークに接続している他の存在に対しても影響が及んでいる。そして、その影響はフィジカル空間にとどまらず、任意次元空間にまで及ぶ可能性がある》

……これ、不正アクセスのこと言われてません？

「あ、やべ」

ほらぁ！　だから言ったじゃん！

〈怒られ発生〉〈伏線回収早かったな〉〈宇宙刑事来ちゃった？〉〈高次元からのガサ入れだったか〉〈多田羅さん逃げて！〉やばいやばい、どうしよう！　未貴ちゃん逮捕されちゃう！

あの……！　なんかまずいことしてたら、ていうかしちゃったんだと思いますけど、謝ります、ごめんなさい！　未貴ちゃん連れて行かないでください！

「さくら……」

未貴ちゃんの分も謝りますから、お願いします……!!

《いいよ♥　かわいい♥》

「いいのかよ」

いいんだ。

〈許された……〉〈多田羅さん助かったね〉よかったあ……。

《わけあり商品がお得！　わけあり量子エンタングルメントグルメランキングキング》

ん、ん？

「支離《しり》滅裂《めつれつ》になってきたな。挨拶や定型文でカバーできない範囲はやっぱりコミュニケーションが難しいのか」

いや、わかった！　今のは意味わかりましたよ私！

「え、何が？」

わけありって言葉、心当たりあるでしょ。

「……あ、あれか？」

わけありエキゾチック物質六種詰め合わせ！　あの中から唯一多田羅さんが使った――

「量子もつれスポンジだ！　あれを使って通信したのが原因か？　だから＋ぬに検知された？」

わけあり品って、やっぱりちゃんと理由があるんですね。安いからって飛びつかないようにしないでくださいね、ほんとに。

「だから私が買ったわけじゃねえよ」

あ、まだいるうちに言っとかないと。＋ぬさん、登録者数の表示がこうなってるってことは、チャンネル登録してくれたってことでいいですかね？

《イェア！》

ノリのいいお返事ありがとうございます！　あの、無理な相談だったらあれなんですけど、登録者数の表示がですね、読めない数字になっちゃってるんですけど、ちょっとだけどいてもらうことって可能だったりしますかね。

〈すごい低姿勢〉〈登録者数からどくって何？〉いやわかんないですけど、そこにいることで数字が変になってるなら、ちょっと立ち位置調整してもらえれば――

《イェアアアア》

わ!?

「うわびっくりした、何？」

〈ビビった〉〈死んだ？〉や、死んではいないでしょうけど、大丈夫かな。

あ！　登録者数また見えなくなっちゃった！

「いや、違うぞこれ。高速で表示が切り替わってるんだ」

ほんとですね。増えたり減ったりの勢いがすごすぎて霞《かす》んで見えるんだ。

「たぶん私が本来想定してた動作ってこれだな」

乱数から確率を収束させるとかいうやつですか？

「そうそう。＋ぬが来たのはイレギュラーだったんだ」

えー、せっかく登録してくれたのにいなくなっちゃうの寂しいですよ。＋ぬさん！　まだいます？　死んでないですよね？

〈いま一瞬いなかった？〉〈気のせいじゃなかったらたまに見える〉え、ほんとですか？　どれどれ……。

いた！　ほんとだ！

数字が切り替わる間にたまに見えますね、＋ぬさん。よかったあ。

あ、だんだんスピード落ちてきましたよ。桁数も落ち着いてきて……すごい、とっさに数えられないですけど、とんでもない数字になってましたね。億とか兆とか、もっと？

あーどんどん減ってきて、スピードも目で追えるくらいになって……。え、これどこまで減るの？　せっかくあんなに登録してくれてたのに。

「可能性の上での話だからな？　それも相当な低確率の」

わかってますけど、なんか悔しいっていうか、寂しくなっちゃいますよ。あんなにいっぱい見てくれてたのにって。

桁数も数えられるようになってきました。十万、一万、千、ああー、百の桁になっちゃった。

九〇〇……八〇〇……え、うそうそ、どこまで？

七〇〇……六〇〇……五八〇……五五〇……五三〇……わー、止まって、止まって。

「止まりそうだよ」

五二〇…………五一八…………五一五。

止まった！

五一五！　五一五で止まりました！　もう動かないですよね？

と、いうことは……？

〈目標達成！〉〈おめでとう！〉ありがとうございます！　やったー!!

よかったあ。ハラハラしちゃいました。目標の五〇〇人突破して、耐久配信成功です！

「よかったね」

＋ぬさんも、ありがとうございます。聞こえてるといいんだけど……。

あ、数字ちらついて一瞬見えました、＋ぬ！　登録してくれてるみたいです。

〈高次元リスナーがいる配信初めて見た〉私もです。こんなことあるんですね。

なんにしてもこれで五一五人＋ぬですから、あと四八五人に登録してもらえたら、一〇〇〇人の大台に乗っていよいよ収益化できますよ！　やったー！

え？〈収益化の条件変わってなかった？〉マジですか？

……ほんとだぁ！　条件が登録者一〇〇〇人だったのが五〇〇人に緩和《かんわ》されてる！

わー、知りませんでした。え、じゃあ……こっちの目標も達成しちゃった？

「よかったね」

あ、皆さんもお祝いの言葉、ありがとうございます！　知らないうちに達成してて、まだ実感が湧かないんですが……。

やったー!!　やりましたよ!!

「うるさっ。実感のないやつの出す声じゃねえよ」

ありがとうございます、多田羅さん。おかげで目標達成できました！

「いや、ほぼ君の成果だろこれは」

そんなご謙遜《けんそん》を。

「これで一気に千とか万とか行ってたらあれだけど、蓋を開けたら何十人か増えてたのは、単純に君が頑張ったからだよ」

え、泣かそうとしてます？

「別にいいけど、泣いても」

いやいや、いいですいいです。そうは言ってもね、多田羅さんが付き合ってくれてるおかげですよ。いつも本当に感謝してます。

「なに？　今日最終回なの？」

違いますよ！

収益化は成り行きで達成しましたけど、当初目標の一〇〇〇人って数字はまだですし。でも多分、前に多田羅さんが言ってたみたいに、わりとすぐ行っちゃいそうな気がします。

〈強気じゃん〉そう、なんかさっき、登録者数が増えたり減ったりしてるのを見てたら思ったんですよ。億とか兆とか、普通に考えてたら到底行けないような数字だけど、可能性としてはちゃんとそこにあるんだなって。だったら、頑張れば本当にそこに行けるのかもしれないですよね。

上を見たらキリがないとか言いますけど、上を見たことで逆にやる気が出ちゃいました。おっきい山も、登っていけばいつかは頂上に着くとか、そんな感じで。

〈がんばって〉〈応援してる〉〈登録しました！〉《ｗｗｗｗｗ》ありがとうございます！　初期から見てくださってる方も、初見さんも、＋ぬさんもありがとうございます！　やりたい企画もいっぱいあるし、多田羅さんのすごさもまだまだ皆さんに見てもらいたいので！　これからもよろしくお願いします！

それじゃ、切りがいいので今日はこれで終わりにします。

よかったらチャンネル登録、高評価、してってくれると嬉しいです！

《ときときチャンネル》の、十時さくらと、

「……多田羅未貴」

でした！

「じゃあな」

またね～～！！！！！！

［※配信は終了しました］

［※※また見てね！］

参考文献

ジョージ・マッサー『宇宙の果てまで離れていても、つながっている　量子の非局所性から「空間のない最新宇宙像」へ』（吉田三知世訳、インターシフト、二〇一九）――#1
グレッグ・イーガン『順列都市』（山岸真訳、ハヤカワ文庫SF、一九九九）――#6

初出一覧

#1【宇宙飲んでみた】『宙を数える　書き下ろし宇宙SFアンソロジー1』創元SF文庫　二〇一九年十月
#2【時間飼ってみた】
『GENESIS　時間飼ってみた　創元日本SFアンソロジーⅣ』東京創元社、二〇二一年十月
#3【家の外なくしてみた】
『GENESIS　この光が落ちないように　創元日本SFアンソロジーⅤ』東京創元社、二〇二二年九月
#4【近所の異世界散歩してみた】〈紙魚の手帖〉vol.10（二〇二三年四月）
#5【エキゾチック物質雑談してみた】〈紙魚の手帖〉vol.11（二〇二三年六月）
#6【登録者数完全破壊してみた】〈紙魚の手帖〉vol.12（二〇二三年八月）

創元日本SF叢書

宮澤伊織

ときときチャンネル　宇宙飲んでみた

2023年10月31日　初版
2024年 2 月 9 日　再版

発行者
渋谷健太郎
発行所
（株）東京創元社
〒162-0814　東京都新宿区新小川町1-5
電話　03-3268-8231（代）
URL https://www.tsogen.co.jp

ブックデザイン
岩郷重力＋WONDER WORKZ。
装画
めばち
装幀
伸童舎

DTP キャップス　印刷 萩原印刷
製本 加藤製本

ISBN978-4-488-02101-6 C0093